나를 키운 여자들

나를 키운 여자들
느린
서재

"어떻게 사는 것이 맞을까.

어느 날 알 것 같다가도 정말 모르겠어.

다만 나쁜 일들이 닥치면서도 기쁜 일들이 함께한다는 것.

우리는 늘 누군가를 만나 무언가를 나눈다는 것.

세상은 참 신기하고 아름답다."

-영화 <벌새> 중

contents

2부

웃지 않는 여자

3부

엄마라는 이름의 여자

4부

조금 다른 길에 선 여자

prologue

친애하는 나의 '미친 여자'들에게

뒤늦게 찾아온 질풍노도였다. 4년간 세 번의 퇴사를 했다. 9년 동안 잘 다녀온 첫 회사를 그만뒀고, 창업을 위해 그다음 회사를 그만뒀고, 마지막으로는 창업했던 회사에서 나왔다. 4년 전 대체 무슨 일이 있었냐고 묻는다면 6년 전 이야기를 먼저 꺼내야겠다.

'강남역 살인사건'이 일어난 2016년, 한 아이의 엄마가 됐다. 물리적으로 사회적으로 내가 여자라는 것을 뼈저리게 자각하게 된 해였다. 엄마가 되고 페미니즘을 공부하면서 이제껏 당연하게 몸담고 있던 세상이 낯설어졌다. 왜 여성이라는 이유만으로 양육과 가사의 부담을 더 많이 짊어져야 하는지, 왜 여성이라는 이유만으로 일과 육아 중에서 하나를 택할 것을 강요받는지, 왜 여성이라는 이유만으로 일터에서 더 많은 감정 노동을 감당해야 하는지, 왜 여성이라는 이유만으로 밤길에 무사히 집에 돌아갈 것을 걱정해야 하는지, 왜 여성이라는 이유만으로 성범죄 피해를 당하고도 자기 검열을 먼저 해야 하는지. 어쩔 수 없는 것이라 받아들여 왔던 세계가 모조리 부서지고 깨졌다.

내 안의 미친년

지금까지 세상이 정해준 기준에 맞춰 모범생처럼 착실히 살아왔다면 앞으로는 내 인생의 방향 키를 내가 쥐고 살아가고 싶었다. 엄마, 아내, 딸, 며느리, 여성 노동자, 여성 시민 등 내게 주어진 모든 정체성을 뒤집어엎고 싶었다. 굶주린 사람처럼 '지금과는 다른 나' '지금보다 나은 나'를 갈망했다. 문제는 어떻게, 였다. 돌이켜 보면 지난 4년은 쉴 새 없이 일을 벌이고 번아웃을 겪는 일들의 연속이었다. 어떨 때는 이 정도면 충분히 행복하지 싶다가 어떨 때는 벼랑 끝에 선 사람처럼 불안하고 초조했다. 어떤 날은 모든 속박을 벗어던지고 자유롭고 싶다가, 어떤 날은 더 잘하고 싶고 더 인정받고 싶고 더 사랑받고 싶은 마음에 안달이 났다. 내 안에 미친년이 있는 것 같았다. 나조차 나를 이해할 수 없었다.

숨 막힐 듯 답답할 때면 모든 의무를 벗어던지고 소파에 벌러덩 드러누워 영화와 드라마를 봤다. 육아로 몸이 매여 있는 내게는 손바닥 한 뼘도 안 되는 아이폰이 곧 극장이었다. 그 극장에는 나처럼 어딘가 뒤틀린 '미친 여자'들이 있었다.

남편의 죽음이 슬퍼서 회사 모든 직원들과 잠을 잤다는 여자(《실버라이닝 플레이북》), 자신이 메달 따는 장면을 돌려보며 자위하는 한물간 운동선수(《더 브론즈》), 시 때문에 다섯 살 제자를 납치한 유치원 교사(《나의 작은 시인에게》), 정규직 전환을 앞두고 회사 컴퓨터를 초기화해버린 인턴(《아워바디》), 밤마다 술 취한 척 연기하며 성범죄 가해 남성을 응징하는 여자(《프라미싱 영 우먼》), 어린 남자와 불륜에 빠져 고객 돈을 횡령한 은행원(《종이달》), 수시로 다른 여자로 빙의되는 주부(《82년생 김지영》), 두 아이 대신 자신의 욕망을 선택한 엄마(《로스트 도터》), 남자 노인들을 대신 죽여주는 성매매 여성(《죽여주는 여자》), 일의 성공을 위해서라면 수단과 방법을 가리지 않는 여자(《미스 슬로운》), 결혼 여섯 시간만에 파혼을 선택한 여자(《체실 비치에서》), 자신이 배신했던 연인에게 다시 돌아가려는 여자(《아사코》)….

처음 영화를 보면서 드는 생각은 '도대체 왜 저래'였다. 이 책에 나오는 27편의 영화와 5편의 드라마 속 여성 캐릭터들은 하나같이 결점이 있다. 실수로 혹은 고의로 타인에게 상처를 주거나 자신을 파괴하고 돌이킬 수 없는 잘못을 저지르기도 한다. 피가 철철 날 것을 알면서도 부딪치고 흔들리며 자기 내면의 목소리를 따르는 여자들의 서사를 만나면서 나는 해방감을 느꼈다.

어깨를 빌려준 여자들

세상에 길들여지기를 거부한 여자들, 눈을 똑바로 뜨고 싸우는 여자들, 마음껏 욕망하는 여자들, 경계를 넘어 끝까지 가보는 여자들, 이전과는 다른 내가 된 여자들의 서사를 통과하며 내 안에 차곡차곡 쌓여 있던 견고한 벽이 조금씩 무너졌다. 영화 속 여자들이 던진 질문은 삶에 대한 본질적인 고민으로 이어졌다. 아무리 열심히 달려도 왜 이 갈증은 사라지지 않는지, 내가 정말로 원하는 것은 무엇인지, 내가 정말로 두려워하는 것은 무엇인지, 그래서 나는 어떻게 살아가고 싶은지. 쉽게 답할 수 없는 질문들을 고민하며 나는 쓰고 또 썼다. 답을 내기 위해서가 아니라 살아내기 위해 썼다.

오랫동안 남들에게 보여지는 나와 진짜 나를 구분하며 살았다. 《나를 키운 여자들》 원고를 쓰는 순간만큼은 나도 32개 작품 속 여자들처럼 뼛속까지 솔직해질 수밖에 없었다. 숨기고 싶었던 지질한 밑바닥을 하나씩 건져 올리는 과정은 이상하고 모순적인 진짜 나를 있는 그대로 인정하는 시간이기도 했다. 습관 같았던 자기 연민과 자기혐오가 옅어졌다. 동시에 내 옆에 있는 여자들을 찬찬히 들여다보게 됐다.

영화와 드라마 속 그녀들처럼 그리고 나처럼 조금씩 미쳐 있는 보통의 여자들을. 나 자신에게, 그녀들에게 좀 더 친절해지고 싶어졌다. 벽이 무너진 자리에는 용기와 사랑이 자랐다.

> ***"나는 내게 어깨를 빌려준 이름 모를 여자들을 떠올렸다. 그녀들에게도 어깨를 빌려준 여자들이 있었을 거라고 생각했다. 얼마나 피곤했으면 이렇게 정신을 놓고 자나, 조금이라도 편하게 자면 좋겠다고 생각하는 마음. 별것 아닌 듯한 그 마음이 때로는 사람을 살게 한다는 생각을 했다."***
>
> 최은영, 《밝은 밤》

이 책에 실린 원고들은 질풍노도의 시기를 겪었던 지난 4년 동안 카카오 〈브런치〉와 〈오마이뉴스〉에 실었던 원고들을 다시 고쳐 쓴 것이다. 완전히 새롭게 쓴 원고도 있다. 원고를 정리하고 엮으면서 소설 《밝은 밤》의 저 문장을 자주 떠올렸다. 이 책에 등장하는 여자들 그리고 나의 이야기가 부디 당신이 잠시라도 기댈 수 있는 든든한 어깨가 되기를 바란다.

벽이 무너진 자리에는 용기와 사랑이 자랐다.

1부

세상과 불화하는 여자

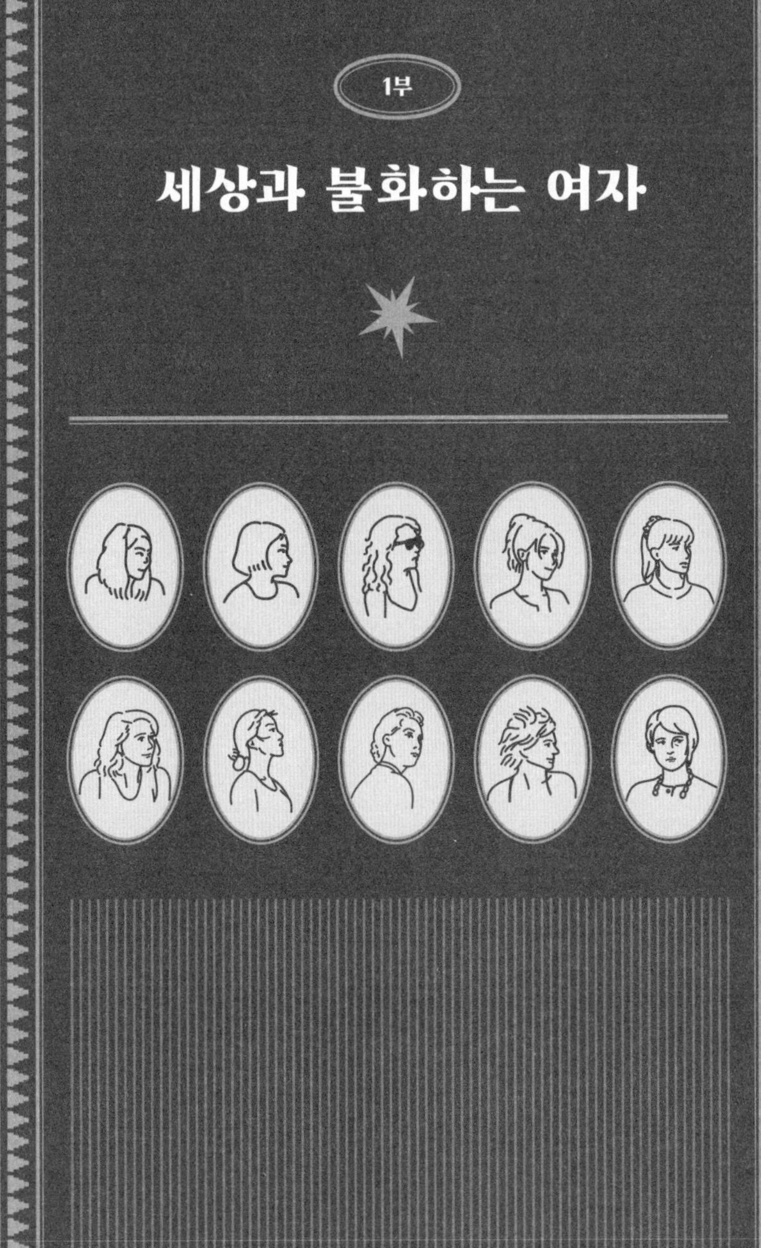

왕따였던 나를 오랫동안 미워했다

영화 <우리들> 속

선이와 지아

초등학교 운동장. 두 명의 아이가 자신의 팀에 들어갈 친구의 이름을 차례로 부른다. 순서를 기다리는 아이들 사이로 선이(최수인)의 얼굴이 클로즈업된다. 똑단발 머리, 말간 얼굴. 이름이 나올 때마다 기대했다가 이내 실망했다가 끝내 자신의 이름이 불리지 않자 애써 체념하는 눈빛. 피구가 시작되자 선이는 금을 밟았다는 이유로 곧바로 아웃된다. 금을 안 밟았다 말해보지만 아무도 귀담아 들어주지 않는다.

끊임없이 눈치를 살피면서도 아무렇지 않은 척 보이려 노력하는 눈. 나는 저 눈빛을 너무나 잘 안다. 초등학교 4학년 때 왕따를 당했다. 교과서를 소리 내어 읽을 때 내 목소리가 가식적이라 했던가. 잘난 척하는 것 같아 재수 없다 했던가. 그러다 제주도에서 한 친구가 전학을 왔다. 내가 누구인지 잘 모르는 저 친구와 꼭 친해져야겠다고 생각했다. 그럼 새롭게 시작할 수 있을 것 같았다.

투명해서 더욱 잔인한 세계

영화 〈우리들〉의 열한 살 선이도 방학식 날 전학 온 지아(설혜인)를 보며 비슷한 생각을 했을까. 선이와 지아는 방학 동안 서로의 집을 오가며 단짝 친구가 된다. 함께 그림 그리고 방방이를 타고 놀이터에서 놀고 볶음밥 만들어 먹고 손톱에 빨간 봉숭아물을 들인다. 선이는 이 방학이 영영 끝나지 않았으면 싶다.

자신을 따돌리는 보라가 지아와 같은 학원에 다닌다는 사실을 알게 된 순간, 선이는 세상이 끝나버린 것 같은 얼굴이 된다. 2학기 개학 날 선이네 반에 정식으로 전학 온 지아는 갑자기 선이를 모른 척한다. 심지어 둘만 알고 있는 비밀을 보라에게 알려주며 선이를 따돌리는 데 동참한다. 지아에게도 사정은 있다. 부모님이 이혼했다는 이유로 이전 학교에서 심하게 따돌림을 당했던 지아는 선이와 친구라는 이유로 또다시 왕따가 될까 두렵다. 약육강식. 지아는 보라와 친구가 되기 위해 선이를 버린다.

"애들 일 있을 게 뭐 있어. 학교 가고 공부하고 친구들하고 놀고 그럼 되는 거지."

선이 아빠의 태평한 말과 달리 아이들의 세계는 매일이 일이고 매일이 전쟁이다. 어제의 친구는 오늘의 적이 되고 내가 살아남기 위해 친구의 약점을 공격해야 한다. 아이들의 세계는 투명해서 더욱 잔인하다. 어른들이라면 사회적 체면 때문에 뒤에서 몰래 할 말과 행동을 아이들은 앞에서 대놓고 한다. 〈우리들〉은 아이들, 특히 여자 아이들 사이에 흐르는 미묘한 공기와 감정 변화, 말의 뉘앙스를 세밀하게 포착한다. 그저 초등학생의 일상을 그렸을 뿐인데 보는 내내 그토록 공포스러울 수가 없다. 아는 맛이 더 무섭다.

'왕따 당할 만하네'라는 말

4학년 이후 나는 왕따를 당하지 않을 만한 아이가 되기 위해 부단히 노력했다. 공부를 열심히 했지만 아는 척하지 않았고, 책을 읽을 때는 최대한 목소리를 낮게 깔았고, 실없는 사람처럼 많이 웃었다. 그렇다고 멍청하거나 우습게 보이지 않으려고 애썼다.

제주도에서 전학 온 친구를 비롯해 단짝이라 부를 수 있는 친구들이 생겼고 친구가 되고 싶다며 먼저 다가오는 아이들도 나타났다. 하지만 불안했다. 쉬는 시간, 점심시간, 과학실이나 미술실로 이동할 때, 체육복을 갈아입고 운동장에 갈 때, 새 학기 시작하는 날, 소풍 가는 날. 언제라도 다시 혼자가 될까 겁났다. 내 몸 어딘가 '왕따 당했던 애'라는 낙인이 찍혀 있는 것 같았다. 잿빛 원피스를 입은 신데렐라처럼, 원래의 내 모습을 들키는 순간 아무에게도 사랑받지 못할까 두려웠다.

반에서 가장 공부 잘하고 운동 잘하는 보라는 자기보다 공부를 잘

하는 전학생 지아가 싫다. 이제 보라는 지아를 따돌린다. 자기방어 기제, 질투, 오해. 영화 속에서 아이들이 누군가를 따돌리는 이유는 우스울 만큼 사소하다. 그럼 선이는? 영화를 보면서 나도 모르게 선이가 왕따 당하는 이유를 찾고 있었다. 촌스러워서, 가난해서, 휴대폰이 없어서, 공부를 잘 못해서, 운동을 잘 못해서, 눈치가 없어서, 바쁜 부모님 대신 늘 동생을 데리고 다녀서.

아무리 생각해도 그건 누구를 따돌려도 괜찮은 이유가 될 수 없었다. 따돌림은 폭력이다. 왕따를 당할 만한 아이는 없다. 영화를 보면서 알게 됐다. 나는 내가 왕따 당할 만해서 왕따 당했다고 믿고 있었다는 걸. 그때의 나를 오랫동안 붙들고 미워하고 부끄러워하고 있었다는 걸. 선이의 말간 얼굴을 똑바로 쳐다보는 게 괴로웠다.

흔들리는 눈빛으로 말을 아끼던 선이는 이제 한 대 맞으면 한 대 때리는 사람이 되기로 한다. 봉숭아물이 옅어진 손톱에 짙은 매니큐어를 덧칠하고, 지아가 자신에게 그랬던 것처럼 지아의 치부를 반 아이들에게 폭로한다. 한 대 맞으면 한 대 때릴수록 선이도 지아도 더욱 외로워진다.

지아 : 니가 먼저 나한테 달라붙었잖아. 왕따 주제에. 하여튼 왕따 같은 짓만 골라서 해요.

선이 : 너도 예전 학교에서 아주 심한 왕따였다며. 거짓말 하는 애를

누가 좋아해. 왕따 당할 만하네.

왕따 피해자였던 두 사람은 왕따 포비아를 가감 없이 드러내며 따돌림 방조자이자 가해자가 된다. 혐오는 공포의 다른 얼굴이다. 그토록 두려워하던 존재가 되어버린 아이들의 심정은 어땠을까. 지금의 기억은 아이들에게 어떤 상처로 남을까. 아프고 시렸다.

몰래 갖다 버리고 싶었던 나

친구 관계가 이전만큼 어렵지 않아진 건 이 관계가 내 삶의 모든 게 아니라는 걸 알게 되면서부터였다. 이제 나는 모든 사람이 나를 사랑해줄 수 없다는 걸, 내가 모든 사람에게 사랑받을 필요가 없다는 걸 안다. 나를 지키기 위해 미움 받을 용기가 필요하다는 것도.

그럼에도 여전히 카톡 메시지 하나, 인스타 댓글 하나에서 행간을 읽으며 타인의 시선을 의식한다. 소외되거나 미움 받는 느낌이 들 때면 어김없이 4학년 교실로 돌아간다. 열한 살의 나는 불쑥불쑥 서른여덟 살의 나를 옴짝달싹 못하게 만든다.

영화에는 피구하는 장면이 세 번 나온다. 마지막 피구 장면. 지아가 금을 밟았다며 나가라고 말하는 아이들에게 선이는 정확히 말한다.

"한지아 금 안 밟았어! 내가 다 봤어!"

자전적 경험을 바탕으로 영화를 만들었다는 윤가은 감독은 "내가 어렸을 때 성취하지 못했던 일종의 판타지, 마음은 먹었지만 내지 못했던 용기를 내어 한 발짝 나아가는 선택"을 선이가 내리기를 바라는 마음으로 이 장면을 만들었다고 한다.

"상처를 겪으면서 어른이 된다는 이야기를 의심하는 편이다. 상처는 상처로 남는다. 그걸 가지고 어떻게 살 것인가가 문제다. 선이는 상처가 있지만 그 상처를 딛고 뭔가 새로운 행동을 하길 바랐다."

– 윤가은 감독 <시사IN> 인터뷰

지아는 곧바로 공을 맞고 아웃된다. 선이 홀로 서 있던 선 밖에는 이제 선이와 지아 두 사람이 어색하게 함께 서 있다. 서로에게 큰 상처를 준 두 사람은 다시 친구가 될 수 있을까. 몰래 갖다 버리고 싶었던 열한 살의 나를 다시 만나고 싶어졌다. 선이와 지아 덕분에.

친구 관계가 이전만큼 어렵지 않아진 건 이 관계가 내 삶의 모든 게 아니라는 걸 알게 되면서부터였다. 이제 나는 모든 사람이 나를 사랑해줄 수 없다는 걸, 내가 모든 사람에게 사랑받을 필요가 없다는 걸 안다. 나를 지키기 위해 미움받을 용기가 필요하다는 것도.

그때는 그때,
지금은 지금

영화 <다가오는 것들> 속

나탈리

마른 몸, 빠른 걸음, 꼿꼿하게 치켜든 얼굴. 나탈리(이자벨 위페르)는 분주하고 의연해 보인다. 25년을 함께 살았는데 다른 여자가 생겼다 고백하는 남편에게 나탈리는 차가운 얼굴로 되묻는다.

"그걸 왜 나한테 말해. 혼자 묻어둘 순 없었어? 평생 날 사랑할 줄 알았는데. 내가 등신이지."

나탈리는 프랑스 고등학교 철학 교사다. 역시 철학 교사인 남편 그리고 청년이 된 두 아이와 함께 산다. 불안증이 심한 나탈리의 엄마는 수시로 나탈리에게 전화를 건다. 호출은 새벽이고 낮이고 시도 때도 없다. 학생들과 잔디밭에 앉아 '진리란 무엇인가'에 대해 토론하던 나탈리는 "지금 가스 밸브 열었다"는 엄마의 전화에 황급히 짐을 챙겨 떠나며 학생들에게 말한다.

"우리 엄마가 좀 미쳤거든. 내가 돌봐야 해."

나탈리는 엄마의 세 번의 결혼 중 두 번째 결혼에서 얻은 딸이다. 못 배운 게 한이었던 엄마 때문에 나탈리는 대학을 나와 교사가 됐다. 철학 교사인 딸은 엄마의 자랑이다. 엄마에게 자기밖에 없다는 걸 잘 알고 있는 나탈리는 엄마를 차마 외면할 수 없다. 휴가 중에 엄마가 며칠째 아무것도 안 먹고 있다는 소식을 들은 나탈리는 바쁘게 요양병원으로 향하는 와중에도 엄마에게 줄 예쁜 꽃을 손에 꼭 쥐고 달린다. 들꽃을 엮어 만든 꽃다발은 애증의 모녀 관계를 잘 보여준다. 한국식으로 하면 나탈리는 F-장녀쯤 될까.

그래요, 난 변했어요

바람난 남편, 부양해야 하는 엄마. 한때는 공산주의 전단을 뿌리고 소련에 다녀오기도 할 정도로 뜨거웠던 나탈리의 삶은 내리막길에 있는 듯 보인다. 시위를 하는 고등학생들은 교문 앞에서 나탈리를 가로막고, 나탈리가 집필한 교재는 저조한 판매량 때문에 퇴출 위기다.

그런 나탈리가 유일하게 생기 있어 보이는 순간은 파비앵(로만 코린카)과 함께 있을 때다. 고3 때 나탈리 덕분에 철학을 발견하게 됐다고 말하는 제자. 나탈리는 틀에 박히지 않고 자유로운, 급진적이고 명료한 파비앵의 글과 생각을 지지하고 응원한다.

파비앵은 파리를 떠나 친구들과 치즈를 만들고 글을 쓰며 살기로 한다. 엄마의 죽음 후 파비앵이 머물고 있는 공동 숙소를 찾아간 나탈리는 달뜬 목소리로 말한다.

"이런 생각을 해. 애들은 품을 떠났고 남편은 가고 엄마는 죽고 나는 자유를 되찾은 거야. 한 번도 겪지 못했던 온전한 자유."

20년 내내 남편과 함께 브람스와 슈만만 들었다는 나탈리는 파비앵이 차에서 튼 포크송이 좋다고 말한다. 파비앵은 그 노래가 지겹다고 한다. 책에 저자 이름을 명시할지 말지를 놓고 격론을 벌이는 파비앵과 친구들. 나탈리의 생각을 묻는 파비앵의 친구에게 나탈리는 이렇게 말한다.

"급진성을 논하기엔 너무 늙어서요. 예전에 해봤거든요. 다 해봤어요. 그래요, 난 변했어요."

그러자 파비앵의 친구는 무심하게 답한다.

"세상은 그대로인걸요. 나빠지기만 했죠."

정희진 작가는 《나를 알기 위해 쓴다》에서 "역지사지가 가장 어려운 영역은 나이 차이가 아닐까. 한쪽은 거쳐 왔고, 한쪽은 도저히 알 수 없는 완벽한 비대칭"이라고 말한다. '꼰대'와 '요즘 것들'. 서로는 서로에게 비대칭의 영역이다. 생각과 행동의 일치를 놓고 언쟁을 벌이던 어느 날, 파비앵은 나탈리에게 부르주아라 비아냥거린다.

"삶의 근간을 뒤흔들지 모를 사상은 외면하시잖아요. 시위나 서명 참여 정도로 스스로를 참여 지식인이라 여기죠. 떳떳한 양심과 변함 없는 생활."

나탈리는 말한다. 자신은 혁명을 바라지 않는다고. 그저 아이들이 스스로 생각할 수 있도록 돕고 싶다고. 여름이면 별장에서 휴가를 보내고, 평소에는 충실히 돌봄 노동과 임금 노동을 하며 수십 년을 살아온 나탈리는 다시는 '다 해봤'던 시절로 돌아갈 수 없다. 파비앵의 독설을 들으며 나탈리는 분명히 깨달았을 것이다. 자신과 파비앵은 다른 계절을 살고 있다는 걸. 파비앵의 자유와 자신의 자유는 같을 수 없다는 걸.

의연한 척하던 나탈리는 엄마가 남기고 간 검은 고양이 판도라를 끌어안고 2층 방에서 홀로 엉엉 운다. 아무도 데려가지 않을 듯한 늙고 뚱뚱한 고양이. 10년간 집에서만 사느라 야성을 잃어버린 고양이. 집을 나가 쥐를 잡아 오기도 하지만 결국 안락한 집으로 돌아오는 고양이. 판도라는 나탈리를 닮았다.

그때는 그때, 지금은 지금

내게도 모든 게 선명했던 시절이 있었다. 고3 수능 다음 날이었다. 수능을 대차게 망친 나는 이 성적에 맞는 대학은 죽어도 안 갈 거라고, 원서 한 장 쓰지 않고 바로 재수를 하겠다고 했다. 그때 담임 선생님이 안타까워하는 표정으로 말했다. 그래도 원서 한 장은 써보지 그

러냐고. 너무 대나무처럼 살면 부러질 수 있다고.

그러면서 선생님은 루쉰의 시 〈희망〉 이야기를 꺼냈다. 본래 땅 위에는 길이 없지만 걸어가는 사람이 많아지면 길이 되는 거라고. 정확히 기억나지 않지만 내게는 그 말이 '남들처럼 평범하게 살라'는 말처럼 들렸다. 비겁한 기성세대. 난 절대 그렇게 안 살아. 나는 선생님의 눈을 똑바로 쳐다보며 되물었다.

"다른 사람이 간 길이라고 해서 맞는 길은 아니지 않나요? 저는 다른 길을 갈 건데요."

마흔을 앞둔 나는 요즘 산티아고 순례길 영상을 유튜브에서 자주 찾아본다. 꼭 필요한 짐만 배낭에 지고 두 다리에 의지해 800km를 걷는 사람들을 부러운 눈으로 따라간다. 20대만 해도 언제든 훌훌 떠날 수 있는 사람이 되고 싶다고 생각했다. 내가 원하기만 하면 떠날 수 있다고 믿었다. 30대가 되어 결혼을 하고 아이를 낳고 가정이라는 걸 꾸리게 되면서 나는 원할 때 떠날 수 없는 사람이 되었다.

얼마 전 친정아빠가 허리 디스크 수술을 받았다. 몇 년 새 급속도로 허리 건강이 안 좋아지더니 급기야 통증이 너무 심해져 일을 그만둬야 하는 상태가 되셨다. 어린 시절 아빠와 나란히 걸어본 기억이 없다. 걸음이 빠르고 성격이 급한 아빠는 늘 저만치 앞서서 걸었다. 지난해 아빠가 서울에 왔을 때 함께 공원을 걷는데 혼자 한참 뒤처져서 걷는 아빠를 보니 눈물이 났다. 내가 나이 든 만큼 아빠도 늙었다는 걸 잊고 있었다. 아빠는 계속 아빠일 줄 알았다.

평생 몸 쓰는 일을 해온 아빠는 칠순이 되어서야 임금 노동을 그만두고 수술을 받기로 했다. 아빠의 수술과 퇴사 소식을 들으며 정말로 어른이 된 것 같았다. 이제는 부모님이 나를 위해 그랬던 것처럼 부모님의 노후를 걱정하고 돌봐야 한다. 얼마 후, 시아버지가 무릎 수술을 받아야 한다는 소식을 들었다. 몇 주 동안 서울에서 부산, 원주를 오가며 남편과 이야기했다. 이제부터 시작인 것 같다고.

그렇다고 해서 10대, 20대 시절로 되돌아가고 싶냐면 결코 아니다. 과거는 미화되기 마련이고 그때는 그때의 걱정과 고민의 무게가 있었다. 그때는 그때고 지금은 지금이며 그때의 내가 쌓여 지금의 내가 되었다는 걸 나는 안다. 이제는 그 무엇도 쉽게 확신할 수 없어 자주 혼란스럽지만 그만큼 나는 섬세하고 유연해졌다.

열아홉의 내가 서른여덟의 나를 보면 뭐라고 할까. 뭘 그렇게 많은 걸 신경 쓰며 애매하게 사냐고 답답해할까. 가끔 그런 생각을 한다. 고3 담임 선생님은 내게서 자신의 어린 시절을 발견했을지도 모르겠다고. 선생님도 대나무 같은 사람이었을 거라고.

나이가 든다는 건 '절대' '죽어도' 안 되는 일이 적어지는 일이기도 하다. 계절이 여러 번 바뀌고 나탈리는 다시 파비앵의 집을 찾는다. 그새 딸이 출산을 하면서 할머니가 된 나탈리는 파비앵에게 판도라를 입양 보낸다. 자다 일어나 판도라가 없어진 것을 알고 놀란 나탈리는 작업 중인 파비앵 뒤편에 능청스럽게 앉아 있는 판도라를 발견한다. 마치 그곳에 살고 있던 고양이처럼 편안해 보이는 판도라. "늙고 뚱뚱하고 검은 고양이를 누가 데려가겠어"라고 생각했지만 판도라는 새 주인을 찾았다. 판도라는 새 집에서 새 삶을 살아갈 것이다.

사라지는 것들과 다가오는 것들 사이, 대단하지 않아도 새롭게 시작되는 것들이 있다. 반짝반짝 화려하게 빛나지 않아도 삶은 계속된다. 크리스마스 저녁 식사 자리에서 딸 대신 손자를 품에 안고 노래를 부르는 나탈리는 평온해 보인다. 수많은 세월을 품은 사람만이 가질 수 있는 여유가 느껴진다. 나탈리의 자유는 어떤 얼굴일까.

친정아빠와 시아버지는 무사히 수술을 마쳤다.

20대만 해도 언제든 훌훌 떠날 수 있는 사람이 되고 싶다고 생각했다. 내가 원하기만 하면 떠날 수 있다고 믿었다. 30대가 되어 결혼을 하고 아이를 낳고 가정이라는 걸 꾸리게 되면서 나는 원할 때 떠날 수 없는 사람이 되었다.

그게 나예요,
당신은요?

영화 <실버라이닝 플레이북> 속

티파니

좀처럼 사랑하기 힘들어 보이는 뒤틀린 여성 캐릭터를 애정한다. 그들에게서 내 모습을 발견하기 때문이다. 〈실버라이닝 플레이북〉의 티파니(제니퍼 로렌스)도 그런 여자다. 차 사고로 갑자기 남편을 잃은 티파니는 회사에 있는 모든 직원과 잔 후 회사에서 해고된다.

"남편은 죽고 슬펐는데 회사에 사람이 많았거든요."

전혀 아무렇지 않은 이야기를 '나 아침에 밥 먹었어' 정도로 아무렇지 않게 말하는 티파니. '사이코, 걸레, 과부.' 사람들이 티파니를 부르는 말이다. 티파니도 그걸 안다. 좀처럼 웃지 않는 슬픈 얼굴의 티파니는 자주 화내고 소리 지른다.

팻(브래들리 쿠퍼)도 티파니만큼 대책 없어 보이는 남자다. 아내 니키가 같은 학교 교사와 바람피우는 장면을 목격한 팻은 내연남을 폭행하고 8개월간 정신병원에 있다 나왔다. 극심한 스트레스로 인한 조울증과 망상. 팻의 병명이다.

아내의 외도 현장을 목격했을 때 흘러나왔던 노래이자 니키와 팻의 결혼식 주제곡이었던 스티비 원더의 'My cherie amour'가 어디선가 들리면 팻은 도저히 분노를 참을 수 없다. 가끔 환청을 듣기도 한다.

미친 여자와 미친 남자의 만남

8개월 만에 집에 돌아왔지만 팻에게는 직장도 아내도 없다. 니키는 팻에게 접근 금지 명령을 내리고 집을 떠났다. 땀을 내기 위해 커다랗고 까만 쓰레기 봉투를 조끼처럼 만들어 입고 조깅하는 팻. 팻은 열심히 최선을 다하고 긍정적인 태도를 가지면 한줄기 빛, 실버라이닝(silver lining)을 찾을 수 있을 거라고 믿는다. 당연히 팻의 실버라이닝은 니키가 돌아오는 것이다. 운동 덕분에 몸은 달라졌지만 팻의 정신 상태는 위태로워 보인다. 가족을 포함한 주변 사람들은 시한폭탄 보듯 팻을 불안한 눈빛으로 바라본다.

어느 날 친구 로니의 집에 방문한 팻은 로니의 처제인 티파니를 만난다. 팻의 처지를 알고 있는 티파니는 한 가지 제안을 한다. 댄스 대회 파트너가 되어주면 니키에게 팻의 편지를 전해주겠다는 것이다. 팻의 달라진 모습을 보면 니키의 마음에도 변화가 생기지 않겠냐고 설득한다. 티파니는 팻에게서 자신과 비슷한 상처를 발견하고 동질감을 느낀다. 댄스 대회에 함께 나가자는 제안 역시 팻을 돕고 싶은 마음에서 나왔을 것이다. 티파니에게 춤은 자기 치료의 수단이기도 하다.

팻은 자신은 티파니와 전혀 다르다고 거듭 선을 긋는다. 티파니의 남편은 죽었지만 니키는 살아 있고 긍정적인 마음가짐만 가지면 니키도 직장도 다시 찾을 수 있을 거라며 현실을 외면한다. 회사 사람 모두와 잤다는 티파니의 이야기를 성적 호기심 가득한 눈빛으로 듣던 팻은 결정적인 순간에 티파니를 '걸레' 취급한다. 그러자 티파니의 일침.

"옛날엔 걸레였지만 지금은 아니에요. 흘리고 다니는 버릇 못 고치겠지만 그게 나고, 난 나 자신을 사랑해요. 당신은 어떻죠?"

팻처럼 나도 허를 찔린 것 같았다.

울 만한 일이야?

아무것도 할 수 없을 것 같은 번아웃을 겪으며 처음 정신과를 찾았다. 연말에는 심리 상담 센터에서 상담을 받았다. 상담 받으러 가는 일을 '나 아침에 밥 먹었어' 정도로 가볍게 생각해보려 했지만 정신과도 심리 상담 센터도 입구까지 가는 것부터 쉽지 않았다. 자기 마음 하나 못 다스리다니, 나약하고 유별난 사람이 된 것 같았다. 차라리 사고를 당하거나 몸 어딘가 많이 아팠다면 더 나았을까, 말도 안 되는 가정을 해보기도 했다.

시작은 번아웃이었지만 상담을 하면서 나를 사랑하지 못했던 나를 발견했다. 내가 되고 싶은 이상적인 나와 실제 나는 달랐다. 강처럼 잔잔하고 유연한 사람이 되고 싶었지만 내 안에서는 풍랑이 자주 일었다. 비교, 질투, 원망, 미움 같은 감정이 찰랑대도 밖으로 티 내지 않으려 했다. 세상 쿨한 척, 여유 있는 척 보이려 애썼다. 타인과 주변 상황에 휘둘리는 건 미성숙하고 멋지지 않다며, 자연스레 생겨나는 감정을 죄악시했다. '나는 왜 이것밖에 안 될까' 자책하며 내게 화살을 겨눴다. 자책은 자기혐오와 자기 연민으로 이어졌다.

감정보다 중요한 건 명분이었다. 마음이 아프고 힘들면 '왜' 아프고 힘든지, 과연 그럴 만한 상황인지 먼저 분석했다. 이런 태도는 여섯 살 아이를 대할 때 그대로 나타났다. 우는 아이의 감정을 있는 그대로 읽어주기보다는 울 만한 일인지 먼저 따졌다. "도대체 왜?" "그게 그럴 일이야?" "그 정도 울었으면 됐어." 내가 아이에게 가장 많이 하는 말이었다. 심리 상담사는 안타까운 눈빛으로 말했다. 있는 그대로의 나를 받아들이면 좋겠다고. 적어도 나 자신은 나를 소외시키지 않았으면 좋겠다고.

팻처럼 다른 내가 되고 싶었다. 지금보다 괜찮은 나, 지금보다 훌륭한 나. 동시에 지금의 나를 미워하고 숨기고 싶었다. 사람들이 내게 여유롭고 단단해 보인다는 이야기를 할 때면 내가 원하는 모습대로 사람들이 나를 바라본다는 생각에 기쁘면서도 거짓말쟁이가 된 것 같았다. "그게 나고, 난 자신을 사랑해요"라는 티파니의 말을 듣는데 눈물이 났다. 나도 티파니처럼 말하고 싶었다. 분명 팻도 그랬을 것이다.

나를 구원해준 사람들

영화 속 캐릭터들은 다들 조금씩 미쳐 있다. 은퇴 후 사설 스포츠 도박에 빠져 미신에 강박적으로 매달리는 팻의 아버지도, 아내에게 꽉 잡혀 살면서 생긴 스트레스를 차고에서 모든 걸 다 때려 부수면서 푸는 팻의 친구 로니도, 동생이 어려운 상황에 처해 있는데도 자기 잘난 이야기만 늘어놓는 팻의 형과 티파니의 언니도. 그러면서도 자신들은 팻이나 티파니와 다르다고, 나 정도면 괜찮다고 선을 긋는다.

영화에서 자신을 있는 그대로 받아들이는 사람은 티파니뿐이다. 나를 구원한 사람은 타인을 구원할 수 있다. 티파니는 여전히 불안하고 휘청대면서도 팻에게 손을 내밀고 팻은 조금씩 달라진다. 티파니를 찾아온 전 직장 동료에게 팻은 말한다. 티파니는 아프고 슬퍼서 방황했던 거라고, 똑똑하고 섬세한 여자니까 길거리 여자 취급 말라고. 티파니를 이해하면서 팻은 점점 자신의 현실을 똑바로 볼 수 있게 된다. 두 사람은 팻에게 악몽 같았던 노래를 부른 스티비 원더의 또 다른 곡 'Don't You Worry 'Bout a Thing'에 맞춰 춤 연습을 한다. 실버라이닝은 먹구름 사이로 비치는 햇살을 뜻한다. 미친 여자와 미친 남자는 서로에게서 한줄기 빛을 찾는다.

"Don't you worry 'bout a thing (걱정하지 마세요)

Don't you worry 'bout a thing mama (걱정 말아요)

Cause I'll be standing on the side when you check it out

(당신이 찾을 때 내가 당신 옆에 있어줄 테니까요)"

—스티비 원더 'Don't You Worry 'Bout a Thing'

영화를 보면서 아프고 힘들 때 나를 구원해준 사람들을 떠올렸다. '부인은 내 자부심'이라며 끝없는 응원과 지지를 보내주는 남편, '세상에 너 자신보다 중요한 건 없다'고 '너무 열심히 하지 말라'고 말해주는 부모님, 섬세한 감정도 잘 못 읽어주는 부족한 엄마를 위해 어린이집 벼룩시장에서 예쁜 머리핀을 사온 아이, '무엇이 되든 무엇이 되지 않든 너는 그 자체로 멋있는 사람'이라고 진심으로 말해주는 친구와 동료들. 햇살은 늘 옆에서 반짝이고 있었는데 나는 어디에서 대단한 빛을 찾고 있었던 걸까.

혼자서는 결코 빛날 수 없다는 것. 손에 닿지 않는 완벽을 추구하며 너무 애쓰지 않아도 된다는 걸. 먹구름의 시간을 통과하며 뒤늦게 깨닫는다.

자기 소개하는 게 싫었던 진짜 이유

영화 <더 브론즈> 속

호프

영화 〈더 브론즈〉의 호프(멜리사 로치)는 미국 체조 국민 영웅이다. 아니, 영웅이었다. 호프는 2004년 로마 대회에서 심각한 발목 부상을 입은 채 평행봉에 올라 완벽한 연기를 선보였다. 덕분에 호프는 동메달을 땄다. 한 발로 착지해 두 팔을 양쪽으로 쭉 뻗은 채 활짝 웃고 있는 모습은 '호프의 기적'이라는 이름으로 스포츠 역사에 남았다.

12년 후, 왕년의 체조 요정 호프는 자신의 경기 장면을 다시 돌려보며 침대 위에서 자위를 하고 있다. 등에 USA라고 크게 적힌 국가대표 운동복을 입고, 목에는 동메달 목걸이를 걸고서. 절정에 이른 호프는 보석함에 숨겨둔 마약을 트로피로 잘게 부순 뒤 코로 흡입한다. TV 속 앳된 열일곱 소녀의 모습은 온데간데없다.

'호프의 기적' 이후 또다시 부상을 당하며 재기에 실패한 호프는 과거의 영광에 취해 살아간다. 선수일 때 번 돈은 이미 다 써버렸고, 싱글 대디인 아빠에게 용돈을 받아 쓰고 있다. 씀씀이를 줄이지 못해 아빠(게리 콜)가 배달하는 우편물을 몰래 뒤져 돈을 훔치기도 한다. 곧 은퇴를 앞둔 아빠는 더는 경제적 지원을 해줄 수 없다며 체육관에서 코치 일을 해보면 어떻겠냐고 제안한다. 그러자 호프는 다섯 살짜리 아이처럼 짜증내면서 소리친다.

"나는 코치가 아니라 스타예요! 〈댄싱 위드 더 스타〉에 나왔잖아요. 〈댄싱 위드 더 코치〉가 아니라요."

어른이 되지 못한 체조 요정

스물아홉 살 호프는 여전히 동메달을 땄던 열일곱 살에 머물러 있다. '영웅들이 입는 옷'이라며 국가대표 운동복을 평상복처럼 입고, 요정의 모습을 잃지 않기 위해 가슴을 테이프로 감고 다닌다. 메달을 딸 때와 똑같은 앞머리 컬과 포니테일도 철저히 유지한다. 호프는 선수로서 생명이 끝났다는 사실을 받아들이지 못한다. 체조 요정은 어른이 되지 못했다.

다행히 호프는 애머스트에서만큼은 여전히 영웅이다. 애머스트로 진입하는 고속도로 시작점에는 '2004년 동메달리스트 호프 앤 그레고리의 고향'이라는 팻말이 크게 걸려 있다. 덕분에 호프는 피자를 공짜로 먹고 운동화를 공짜로 신고 마약도 공짜로 얻지만 세월이 세월인 만큼 존재감은 점점 희미해진다.

한물간 스타가 됐지만 호프는 상황을 비관하지 않는다. 오히려 그

반대다. 가슴 한편에 '진지 금지'라도 새겨놓은 듯 시종일관 냉소적인 말투로 독설을 쏟아낸다. 말끝마다 욕설에 성적 농담도 서슴지 않는다. 어느 날 호프는 자신을 지도했던 코치인 파블렉 코치가 스스로 목숨을 끊었다는 뉴스를 본다.

호프와 파블렉 코치는 애증의 관계다. 파블렉 코치는 재활 때문에 공백기를 보내고 돌아온 호프에게 신체 균형이 무너졌다며 선수 생활을 그만두는 게 좋을 것 같다 말했고, 호프는 코치를 원망하며 연을 끊었다. 파블렉 코치의 사망 소식에도 호프는 슬픈 감정을 드러내지 못한 채 위악을 부린다.

얼마 후 파블렉 코치로부터 한 통의 편지가 도착한다. 편지에는 파블렉 코치가 호프를 위해 유산 50만 달러(약 6억)를 남겨 놨으며, 이를 상속받기 위해서는 파블렉 코치가 지도하고 있던 체조 유망주 매기 타운센드가 토론토 대회를 무사히 마칠 수 있도록 호프가 매기를 지도해야 한다는 내용이 적혀 있다.

돈이 필요했던 호프는 매기의 코치가 되기로 한다. 호프처럼 애머스트 출신인 매기는 호프의 모습을 보면서 체조 선수의 꿈을 키워왔다. 매기에게 호프는 아이돌이다. 망해가는 낡은 동네 체육관에서 호프와 매기 그리고 호프의 어린 시절 친구이자 체육관 주인 아들 밴은 함께 훈련한다.

'기자 물' 빼는 시간

울며 겨자먹기로 코치를 맡기는 했지만 호프는 매기에게 애머스트의 영웅 자리를 뺏기게 될까 두렵다. 매기에게 일부러 열량 높은 음식을 잔뜩 먹이고 연애를 장려하고 운동을 게을리 시킨다. 기대주였던 매기는 순식간에 망가진다.

과거에 머물러 있는 호프의 모습을 보면서 9년간 기자로 일하다 처음 이직했을 때가 떠올랐다. 스타트업에서 콘텐츠 만드는 일을 하면서 내가 제일 먼저 회사에 요청한 것은 HWP 프로그램을 사달라는 것이었다. 글 쓰는 사람은 HWP를 써야 한다는 것이 이유였다.

지금이야 중요한 것은 어디에 글을 쓰느냐가 아니라 어떤 글을 쓰느냐이며 동료들과 협업하기 편한 툴을 쓰는 것이 가장 효율적이라는 것을 알지만 그때만 해도 '그래도 내가 기자였는데'라는 생각에 사로잡혀 있었다. 마케팅을 위해 인스타 콘텐츠를 기획하고 제작하면서도 '그래도 내가 기자였는데 인스타 콘텐츠나 만들다니'라는 자괴감이 들었다. 콘텐츠를 접할 고객을 최우선으로 생각하기보다는 자기만족을 위한 콘텐츠를 만들기도 했다. 일하는 분야도 환경도 모두 바뀌었는데 과거의 나를 기준으로 할 수 있는 일과 할 수 없는 일의 경계를 그었다.

그 후 몇 번의 이직을 거쳤지만 '기자물' 빼는 데 시간이 꽤 걸렸다. 처음 보는 사람에게 자기 소개할 때면 자꾸만 "제가 원래는 기자였는데요"로 말을 시작했다. 어느 언론사에서 일하는 기자라고만 설명하면 충분했던 과거와 달리 새롭게 시작한 일들은 좀 더 자세한 맥락 설명이 필요했다. 소개를 하면서도 상대방이 과연 이해할까, 나를 별 볼 일 없는 사람이라 생각하면 어쩌지 하고 움츠러들었다. 그때 전직 기자라는 타이틀은 든든한 방패막이었다. 기자라는 두 글자만으로 신뢰할 수 있는 사람이 된 것 같았다.

사람 마음이 참 얄궂게도, 정작 기자로 일했을 때는 기자라는 타이틀에서 벗어나고 싶었다. 회사 이름이 곧 내 정체성처럼 인식되는 것도 싫었다. 오래 다닌 회사를 떠나 스스로 길을 개척하면서 나만의 정체성을 만들고 싶었다. 새로운 일은 흥미롭고 재밌었지만 처음 해보는 일이기에 불확실하고 불안정했다. 익숙한 일과 조직이 주는 안정감이 때때로 그리웠다. 나도 호프처럼 과거에 갇힌 건 아닐까. 영화를 보는 내내 뜨끔했다.

호프는 차츰 코치로서의 면모를 찾아간다. 운동 지도는 물론이고 식단과 멘탈 관리, 심사위원에게 존재감을 어필하는 법까지 자신이 알고 있는 모든 것을 매기에게 알려준다. 생각만큼 몸이 따라주지 않는다며 속상해하는 매기에게 호프는 힘주어 말한다.

"그렇게 자신을 몰아붙이지 마, 알겠어? 그건 내가 할 일이야."

과거의 모습으로만 사랑받을 수 있다고 믿었던 호프에게 "너는 있는 그대로 아름답다"고 말해주는 사람도 나타난다. 호프의 영광스러웠던 과거와 변화를 위해 노력하는 현재를 모두 알고 있는 밴은 호프에게 "너 자신을 자랑스럽게 생각하라"고 말한다. 호프는 처음으로 머리를 풀고, 가슴을 감추고 있던 펑퍼짐한 운동복을 벗는다.

메달을 따는 것보다 좋은 것

매기와 함께 토론토 대회에 간 호프는 충격적인 사실을 알게 된다. 코치가 보낸 편지는 사실 호프의 아빠가 쓴 것이며 50만 달러 유산 따위 처음부터 존재하지 않았다는 것. 아빠는 이렇게 말한다.

"더 늦기 전에 누군가 네가 쌓은 담을 허물어야 했어. 미안하다는 말은 못 하겠구나. 전혀 미안하지 않아. 넌 코치 일에 재능이 있어."

배신감에 절망하던 호프는 그럼에도 역할을 다하기로 한다. 이때 연출이 인상적이다. 마루에서 멋진 연기를 펼치는 매기를 배경처럼 지켜보고 있는 호프. 매기의 연기가 끝나자 호프 뒤에 있던 관중들은 열광한다. 호프는 슬픈 것도 기쁜 것도 아닌 알 수 없는 표정을 짓는다. 이어 점수가 발표되고 매기는 금메달을 딴다. 모든 관심은 즉시 매기에게 쏠리고 누구도 호프에게 관심을 갖지 않는다. 호프는 쓸쓸한 모습으로 경기장을 떠난다. 애머스트의 수식어는 '금메달리스트 매기의 고향'으로 바뀐다.

호프는 그제야 자신의 위치가 어디인지 정확히 알게 된다. 이제 주인공은 매기이며 자신은 더는 선수가 아니라 코치라는 것을. 호프는 코치로서의 인생 2막을 시작하며 밴을 도와 체육관을 살리기로 한다. 처음 보는 진지한 얼굴로 호프는 밴에게 말한다.

"나처럼 메달을 딴 사람은 메달을 따는 것보다 좋은 건 없다고 생각하게 되는 것 같아. 하지만 너랑 함께한 순간들은 항상 메달을 땄을 때보다 좋았어."

너무 일찍 최고의 순간을 맛본 호프에게 메달을 따는 것보다 좋은 순간은 좀처럼 찾아오지 않았을 것이다. 메달만이 삶의 목적이 됐을 때 메달을 딸 수 없는 삶은 무의미해진다. 시니컬한 표정과 말투는 그녀만의 방어기제였을지 모른다.

현실을 인정하고 초라함을 받아들였을 때 호프는 비로소 열일곱에서 벗어날 수 있었다. 과거가 아닌 현재를 살기로 했을 때 호프는 메달을 따는 것보다 좋은 것이 있다는 것을 깨닫는다. 세상은 메달보다 훨씬 크다는 것도.

호프가 국민 영웅이라는 타이틀에 집착했던 것처럼 내게도 남들에게 그럴듯한 사람으로 보이고픈 욕망이 있었다. 그 욕망이 내가 자기소개하는 게 늘 힘들었던 이유다. 하지만 남들은 내가 생각하는 것만큼 나에게 관심이 없으며, 과거의 이름에 얽매여서는 현재를 살 수 없다. 중요한 것은 내가 내 삶을 얼마나 믿을 수 있느냐다. 내 삶을 믿기 위해서는 불확실하고 불안정한 하루하루를 충실히 살아가는 수밖에 없다.

영화를 보면서 여러 얼굴이 떠올랐다. 틈만 나면 '내가 어느 대학을 나왔는데' '내가 어느 회사를 다녔는데' 자랑하는 사람, 빛나는 시절은 모두 과거 시제인 사람, 현재에 좀처럼 만족하지 못하는 사람, 미래도 지금과 다르지 않을 것 같은 사람. 호프도 나도 그런 사람이 되기에는 아직 살아갈 날이 새털같이 많다.

호프는 밴과 함께 체조 교실을 운영하며 수백 명의 아이를 가르친다. 그 아이들 중 누구도 올림픽은커녕 국가 선수권 대회도 나가지 못한다. 하지만 호프는 지금을 살아간다. 지금의 호프로도 충분하다고 말해주는 사람과 함께.

현실을 인정하고 초라함을 받아들였을 때 호프는 비로소 열일곱에서 벗어날 수 있었다. 과거가 아닌 현재를 살기로 했을 때 호프는 메달을 따는 것보다 좋은 것이 있다는 것을 깨닫는다. 세상은 메달보다 훨씬 크다는 것도.

글을 사랑하는 사람에게만 보이는 세계

영화 <나의 작은 시인에게> 속

리사

검은 드레스를 차려입은 여자 옆에 제 몸집보다 큰 검은 재킷을 입은 작은 남자아이가 있다. 두 사람은 무표정한 얼굴로 서로 다른 곳을 보며 앉아 있다. 그들 위에 이런 문구가 적혀 있다.

'오늘, 너의 시를 훔쳐도 될까?'

영화 〈나의 작은 시인에게〉 포스터를 봤을 때 어른인 여자가 '작은 시인'인 남자아이의 성장을 돕는 따뜻하고 훈훈한 영화인 줄 알았다. 반은 맞고 반은 틀렸다. 영화의 원제는 훨씬 건조하다. 〈The kindergarten Teacher〉. 말 그대로 '유치원 교사'다.

검은 드레스를 입은 여자, 리사(매기 질렌할)는 20년 경력의 유치원 교사다. 능숙한 솜씨로 아이들에게 알파벳을 가르치는 리사. 친절하고 다정해 보이지만 순간순간 묻어나는 권태로움을 숨길 수 없다. 유치원과 집을 반복하는 리사의 삶은 단조롭다. 고등학생인 두 아이는 더는 엄마의 도움을 필요로 하지 않고, 남편과의 관계는 여전히 뜨겁지만 너무 안정적이다.

지겨운 일상의 유일한 낙은 다름 아닌 시다. 리사는 퇴근 후 배를 타고 평생교육원에 시 수업을 들으러 간다. 배 위에 앉아 노트 위에 시를 휘갈겨 쓰는 리사. 교사가 아닌 학생이 되어 시 수업을 듣는 리사의 얼굴에 생기가 돈다. '그래, 이게 사는 거지'라는 표정의 얼굴.

안타깝게도 리사는 딱히 시에 재능이 있는 것 같지 않다. 함께 수업 듣는 학생들은 리사의 시를 "어디서 들어본 것 같다"고 평가하고, 시 선생님(가엘 가르시아 베르날)은 리사에게 "(시에) 자신을 좀 더 투영해보라"고 조언한다. 남편은 리사의 시가 좋다고 위로해주려 하지만 정작 시를 잘 이해 못 하는 눈치다.

리사는 자신의 반에 있는 다섯 살 소년 지미(파커 세바크)가 시에 천부적인 재능이 있다는 사실을 우연히 알게 된다. 리사는 시 수업에서 지미의 시를 자신의 시인 것처럼 낭독한다. 리사 아니 지미의 시는 극찬을 받는다. 리사는 지미의 시를 계속 훔친다. 여기까지 읽으면 어떻게 교사가 그럴 수 있나 싶다. 하지만 리사를 그저 이상한 선생님으로만 보기엔 지미와 리사의 관계는 훨씬 복잡하다.

최초의 어른

리사는 지미의 재능을 알아본 최초의 어른이다. 이혼 후 아빠와 사는 지미는 사실상 방치되어 있다. 대규모 클럽을 운영하는 아빠는 늘 바쁘고, 파트타임으로 일하는 시터도 아이를 그리 충실히 돌보지 않는다. 리사가 지미의 시를 발견하기 전에는 누구도 지미의 재능을 몰랐다. 그들이 시에 관심이 없기 때문이다.

리사는 다르다. 지미가 중얼거리며 시를 뱉어낼 때 리사는 하던 일을 모두 멈추고 노트와 펜을 꺼내든다. 남편과 섹스를 하려고 하다가도 시가 떠올랐다는 지미의 전화를 받고는 속옷만 입은 채 지미의 시를 받아 적는다. 수화기 너머로 지미가 시를 읊조리자 펜을 든 리사는 남편의 존재는 까맣게 잊은 채 황홀한 표정을 짓는다.

리사는 자신이 지미 곁에 없는 동안 얼마나 많은 시를 놓치게 될까 하는 마음에 조바심이 난다. 유치원 교사이자 두 아이의 엄마인 리사는 알고 있다. 책은 읽지 않고 폰만 들여다보는 사람들 사이에서 예술적 재능이 얼마나 사라지기 쉬운지. 한때 반짝이던 아이들이 획일적 교육을 받으며 어떻게 금세 평범한 아이가 되어가는지. 리사는 지미의 시를 지켜주고 싶고 지미의 재능이 꽃필 수 있도록 돕고 싶다.

리사는 낮잠을 자는 지미를 깨워 자신이 시에 대해 알고 있는 것을 알려주려 한다. 시에 대한 리사의 말은 리사의 시처럼 어딘가 뻔하고 틀에 박혀 있다. 리사에게는 좋은 시를 알아보는 능력은 있지만 시를 가르칠 능력은 없다. 시에 있어서만큼은 리사는 지미의 선생님이 될 수 없다. 20년 경력 교사와 다섯 살 제자의 위치가 전복된다.

어느 낮잠 시간, 리사는 자신이 지은 시를 지미에게 들려준다. 지미의 시와 비교되는 평범한 시. 그리 나쁘지도 그리 좋지도 않은 애매한 시. 시를 들은 지미는 아무 말도 하지 않는다. 지미의 표정을 본 리사는 재빨리 말한다.

"잊어버려. 네 재능을 망치긴 싫으니까."

평범함과 특별함

리사에게 지미의 특별함을 발견하는 과정은 자신의 평범함을 직면하는 과정이기도 하다. 영화에서는 리사가 자신의 시를 타인에게 읽어주고 반응을 기다리는 모습이 반복해서 나온다. 어김없이 기대했다 체념하는 얼굴. 실망조차 감추려 하는 무심한 얼굴. 그때마다 나는 정지 버튼을 누르고 잠시 숨을 골랐다. 내가 글을 쓰고 독자의 피드백을 기다리는 과정과 너무도 닮았기 때문이다.

나는 적어도 한 달에 한두 번은 공개된 채널에 에세이를 쓰려 한다. 급여를 받는 직업과는 무관한 글쓰기다. 육아휴직 복귀 후부터 시작했으니 벌써 5년이 되어간다. 어떤 글은 청탁을 받거나 원고료를 받고 썼지만 대부분의 글은 그저 글이 쓰고 싶어서 썼다. 글 다루는 일을 직업으로도 해왔으니 글쓰기에 아주 재능이 없는 것은 아니겠지만 글로 이름을 알릴 수 있을 만큼 내 재능이 특별하지 않다는 것쯤은 알고 있다.

글쓰기는 필연적으로 질투심과 열패감을 동반한다. 나는 결코 쓸 수 없을 것 같은 표현, 내게선 나오지 못할 것 같은 통찰력이 담겨 있는 글을 보면 '그래 이거야' 싶다가도 금세 마음이 옹졸해진다. '세상에 이토록 글 잘 쓰는 사람이 많은데 과연 나까지 글을 쓸 필요가 있는 걸까' '그냥 글을 애호하는 사람으로 남을 수 없는 걸까'. 현실 자각도 잠시. 또다시 나는 글을 쓰고 독자의 반응을 기다린다. 오늘은 어제보다 더 나은 글을 쓸 수 있기를 바란다. 글쓰기는 예정된 실패를 알면서도 자꾸만 기대하게 되는 이상한 일이다.

지미를 동경하는 리사와 달리 세상은 지미의 재능을 대수롭지 않게 여긴다. 이유는 간단하다. 시는 돈이 되지 않기 때문이다. 리사는 지미의 아빠를 찾아가 지미를 지원해줄 방법을 함께 고민하려 하지만 그의 반응은 영 시큰둥하다. 지미의 아빠는 신문기자로 일하면서 적은 급여를 받는 동생 이야기를 꺼내며 아들이 동생처럼 되는 건 싫다고 말한다.

"아들이 공부 잘하고 똑똑한 건 좋죠. 그래도 평범하게 살았으면 해요. 수입은 현실과 직결되니까요."

글쓰기는 가성비가 도무지 나오지 않는 일이다. 많이 읽고 많이 생각하고 많이 써야 겨우 한 편의 글이 나올까 말까 한데 글쓰기가 수입으로 연결되기란 쉽지 않다. 자는 동안에도 돈이 굴러 들어오는 시스템을 만들어야 부자가 된다는데, 글이 잘 풀리지 않을 때는 꿈속에서도 글을 쓴다. 생산성이나 효율성과는 영 거리가 멀다.

역설적이게도 글쓰기의 아름다움은 바로 이 무용함, 쓸모없음에 있다. 지미의 작은 입에서 시가 흘러나올 때면 영화 속 공기가 달라진다. 지미도 리사도 다른 세상에 있는 것 같다. 생산성과 효율성의 강박에서 벗어나 눈에 보이지도, 손에 잡히지도 않는 것을 언어로 표현하는 과정을 통해 우리는 조금은 다른 우리가 된다. 우리 안의 경계를 뛰어넘는 사람이 된다. 나는 글을 사랑하는 사람들에게만 보이는 세계가 있다고 믿는다. 리사도 분명 그 세계를 보았을 것이다.

나 같은 그림자

리사의 시에 푹 빠진 시 선생님은 리사를 시 낭독회에 초대한다. 리사는 시의 주인공인 지미를 무대에 세우기로 한다. 커다란 검은 재킷을 입고 관중들 앞에서 시를 낭독하는 지미. 리사는 검은 드레스를 입고 뒤에 서 있다. 지미의 시 낭독이 끝나자 사람들의 시선이 온통 지미에게 쏟아진다.

윤리적 문제가 있기는 했지만 지미의 시를 발견하고 지미의 시가 사람들 앞에 널리 공개될 수 있도록 노력했던 리사는 순식간에 그림자가 된다. 원래 그곳이 리사의 자리였다는 듯이. 리사의 시가 사실은 지미의 시였다는 사실을 뒤늦게 알게 된 시 선생님은 경멸에 가득 찬 표정으로 리사에게 말한다.

"당신이 예술가가 아닌 건 확실해요. 그냥 예술 평론가나 허세가죠. 차이는 아시겠죠?"

영화의 포스터는 두 사람이 배를 타고 다시 집으로 돌아오는 장면을 담았다. 예술이 뭔지도 모르지만 이미 예술을 하고 있는 남자아이, 예술을 사랑하지만 예술가는 될 수 없는 어른 여자. 두 사람은 어떤 생각을 하고 있을까.

지미의 아빠가 유치원을 옮기자 리사는 지미를 몰래 데리고 떠난다. 리사는 지미가 재능을 마음껏 펼칠 수 있는 환경을 만들어주고 싶다. 함께 수영하고 놀다 지미의 머릿속에서 시가 떠오르면 리사가 받아 적고 그 시를 모아 책을 내는 꿈을 꾼다.

하지만 지미는 리사를 원치 않는다. 숙소에 들어와 리사가 샤워를 하는 사이, 지미는 욕실 문을 잠그고 리사를 경찰에 신고한다. 욕실 문 건너편에서 몸에 수건만 두른 채 리사는 절규한다.

"세상이 널 지워버리려 해. 세상에 널 받아줄 곳은 없단다. 너 같은 사람들 말이야. 몇 년 안 지나 너도 나 같은 그림자가 될 거야."

꽤 오랫동안 이 영화를 질투에 대한 영화라 생각했다. 이 장면을 몇 번이고 돌려보며 리사의 감정이 단순히 질투가 아님을 알게 됐다. 아득히 먼 곳에 있는 재능을 볼 때는 질투조차 나지 않는다. 리사는 지미의 그림자가 되는 방식으로 자신의 존재 가치를 찾으려 했는지 모른다. 그럼에도 리사는 자신만의 시를 포기하지 않았을 것이다. 빛나는 지미 옆에 있으면 자신의 시도 언젠가 빛나게 될지도 모른다는 기대를 품었을지도. 글쓰기란 예정된 실패를 알면서도 자꾸만 애쓰게 되는 이상한 일이다.

훗날 지미는 리사를 어떻게 기억할까. 지미는 계속 시를 지을 수 있을까. 경찰차에 탄 지미는 "시가 떠올랐다"고 몇 번이나 말한다. 누구도 지미의 말에 귀를 기울여주지 않는다.

생산성과 효율성의 강박에서 벗어나 눈에 보이지도 손에 잡히지도 않는 것을 언어로 표현하는 과정을 통해 우리는 조금은 다른 우리가 된다. 우리 안의 경계를 뛰어넘는 사람이 된다.

운동을 했더니
인생이 제대로 꼬였다

영화 <아워바디> 속

자영

근육이라고는 하나도 없는 팔, 거북이처럼 굽은 목과 어깨, 초점 없는 눈. 서른한 살 자영(최희서)은 8년째 행정고시를 준비하고 있다. 이제는 시험 당일 컨디션 조절만 잘하면 될 정도로 오랜 시간 공부를 해왔건만 자영의 머리에 더는 글자가 들어오지 않는다. 허름한 자취방에서 무미건조한 섹스를 마친 후, 남자 친구는 자영의 집에 놔뒀던 짐을 아무렇지도 않게 챙겨 떠나며 말한다.

"자영아, 공무원은 못 돼도 사람답게 살아야 하지 않겠냐. 잘 살아."

연인이 이별을 고하는데 자영의 얼굴에서는 어떠한 감정도 읽을 수 없다. 자영은 시험을 보러 가지 않는다. 남자 친구의 말 때문은 아니었을 것이다. 이미 자영은 자신의 삶에서 시험이라는 선택지를 지워버린 듯하다. 어린 시절 많은 상장을 받았고 명문대까지 들어가 엄마의 자랑이 되었을 자영. 이제 시험은 절대 안 보겠다는 자영에게 엄마는 말한다.

"내가 너 때문에 죽겠다."

자취방 월세, 전기세, 가스비, 건강보험료. 경제적 지원을 중단하며 엄마가 시위하듯 보낸 계좌번호를 받아든 자영은 다른 크루들과 함께 '나이트 러닝'을 하는 현주(안지혜)를 만난다. 사실 얼마 전에도 자영은 동네에서 현주를 우연히 마주친 적 있다. 계단 올라갈 힘도 없어 계단 중간에 풀썩 주저앉아 맥주를 마시고 있는데 그 계단을 거침없이 뛰어가던 건강하고 탄탄한 몸. 자영은 자신과 정반대 몸을 가진 현주를 동경한다.

자영은 현주와 함께 나이트 러닝을 시작한다. 낮에는 중학교 동창이 대리로 있는 회사에서 갓 대학을 졸업한 취준생들과 일당 5만 원짜리 사무직 아르바이트를 하고, 퇴근 후에는 크루들과 도심 속을 달린다. 처음에는 숨이 차 죽을 것 같았지만 달리기는 점점 몸에 익는다. 달릴수록 자영의 몸은 달라진다. 외형적 변화는 물론이고 활력이 생긴다.

'운동을 했더니 인생이 달라졌어요'라는 희망찬 서사를 기대하고 〈아워바디〉를 봤다면 이제부터 실망하게 될지 모른다. 운동 때문에 자영의 인생이 달라지는 건 맞다. 예상과는 전혀 다른 방향으로.

운동이 삶을 바꾸지 못했을 때

자영이 그토록 동경했던 현주는 아마도 자의였을 교통사고로 죽는다. 현주가 왜 죽었는지, 영화에서 정확히 설명되지 않는다. 관객은 그저 현주의 우울하고 불안한 얼굴을 엿봤을 뿐이다. 출판사에 다니며 7~8년간 꾸준히 운동을 하고 틈틈이 소설을 쓰며 등단을 꿈꿨던 현주의 마음에 무슨 일이 일어난 걸까.

현주의 죽음 이후 자영은 현주가 그랬던 것처럼 달리기에 강박적으로 매달린다. 하지만 아무리 달려도 자영의 삶은 도무지 달라질 것 같지 않다. 스물네 살이 신입으로 입사하는 회사에 서른 평생 해본 것이라고는 공부밖에 없는 자영이 정규직 신입으로 들어갈 가능성은 희박해 보인다. 운동이 삶을 바꾸기에 세상의 벽은 견고하다.

실제로 자영처럼 오랜 시간 취업 준비를 했고, 다른 사람들과 함께 달리기를 했다는 한가람 감독은 손희정 평론가와의 인터뷰에서 이렇게 말한다.

> ***"시나리오를 썼던 30대 초반, 사회에 아무런 기대가 없었다. 시도한 모든 것이 실패한 것 같았고, 절망한 상태였다. 운동도 삶을 바꾸지 못한다는 생각을 했다."***
>
> **— 손희정, 《당신이 그린 우주를 보았다》**

SNS에서 유행하는 모델 한혜진의 '운동 자극 명언'이 있다. 많은 여성이 동경하는 몸을 가진 한혜진은 자신이 근력 운동에 집착하는 이유에 대해 "세상 어떤 것도 제 마음대로 안 된다. 일도 사랑도 제 마음대로 되는 건 하나도 없다"면서 "그런데 유일하게 내 컨트롤 하에 제일 쉽게 할 수 있는 게 몸이다. 몸 만드는 게 제일 쉽다"고 말한다.

하지만 몸은 몸 자체만으로 존재할 수 없다. 사람들이 운동에 기대하는 것은 한혜진의 말처럼 '몸이 바뀌었다'에서 끝나지 않는다. 중요한 것은 그렇게 바뀐 몸 혹은 몸을 바꾸는 과정에서 쌓인 경험을 자본 삼아 '삶이 어떻게 바뀌었느냐'다.

운동을 통해 달라진 몸과 마음으로 더 많은 돈을 벌거나 아니면 이성에게 매력을 어필하거나. 사회적 쓸모를 입증하지 못하는 운동은 쓸데없는 일, 팔자 좋은 일이 된다. 요즘 달리기를 한다는 자영에게 "달리기 할 근성이면 뭐라도 하겠다"고 쏘아붙이는 자영 엄마의 말은 이러한 인식을 잘 보여준다.

자영에게 아르바이트 자리를 소개해준 민지는 인턴 원서를 쓰지 않겠다는 자영에게 "운동만 해서 강사라도 하게?"라고 비꼰다. 강사 되려고 운동하는 거 아니라고, 인턴 지원 안 하는 게 그리 큰일이냐고 되묻는 자영을 한심하게, 조금은 원망스러운 마음을 담아 쳐다보며 민지는 이렇게 말한다.

"부럽다. 너. 현실 감각 없이 살아서."

현실 감각 없는 선택

운동이 바꾼 것은 있다. 딱히 꿈도 없이 엄마의 기대, 사회적 기대에 끌려 다녔던 자영은 달리기를 하면서 몸의 주인이 된다. 자영은 처음으로 거울 앞에서 옷을 벗고 몸 근육 하나하나를 들여다본다.

몸을 컨트롤할 수 있게 된 자영은 자신의 욕망을 직시한다. 중년 남자 부장과 섹스를 하며 "나이 많은 남자랑 자보고 싶다"던 현주의 성적 판타지를 실현해보는가 하면, 사무실 컴퓨터를 초기화하고 힘들게 얻은 인턴 자리를 박차고 나온다. 30년 동안 세상이 정해놓은 루트를 충실히 따라왔던 자영은 자신을 둘러싼 세계를 제 손으로 파괴한다.

최근 나도 자영처럼 오랫동안 몰두하고 공들였던 일을 그만뒀다. 매일 열심히 살고 있는 것 같은데 아무리 노력해도 딱히 삶이 나아질 것 같지 않은 예감이 들 때가 있다. 봉우리를 하나 넘으면 또 다른 봉우리, 또 다른 골짜기가 기다리고 있는 느낌. 오늘보다 내일이 나을 것 같다는 믿음이 없어지자 달릴 동력도 점점 사라졌다. 여태껏 그래왔듯 나를 쥐어짜고 몰아붙이면 계속 달릴 수 있었을 것이다. 하지만 더는 그러고 싶지 않았다. 지금까지 살아온 관성과는 다르게 살아보고 싶었다.

자영은 야근을 하고 와서도 뛰고 출근하기 전에도 뛴다. 그렇게 건강해진 몸으로 계속해서 이해하기 어려운 선택을 내린다. 운동을 통해 삶의 위기를 극복할 줄 알았는데 극복은커녕 오히려 구렁텅이로 더 빠져든다. '현실 감각이 없는' 자영의 기이한 행동을 보며 뒤통수가 얼얼하면서도 동시에 통쾌했다.

조금만 더 노력하면, 조금만 더 참으면 뭐든지 할 수 있다고 세상은 속삭인다. 모든 것은 개인의 의지에 달려 있다고. 정말 그런가? 달리기를 시작하기 전에도 이미 자영은 8년간 책상 앞에서 혼자만의 달리기를 해왔다. 모두가 열심히 달리는데 모두가 희망을 발견하기 힘든 현실. 이는 온전히 개인만의 책임일까.

나중의 모호한 행복 대신

회사에서 정규직이 되었다고 거짓으로 말하는 자영에게 엄마는 회사 다니면서 공무원 시험 준비를 계속하면 안 되냐고 묻는다. 요즘 회사 다녀봤자 얼마나 다니냐고, 그래도 공무원이 더 낫다고. 자영은 대답을 회피하며 엄마에게 묻는다.

자영 : 엄마, 엄마는 쉬지 않고 얼마나 오래 달려봤어?

엄마 : 얼마나 뛰었는데?

자영 : 처음에는 너무 고통스러워서 내가 이것만 하면 세상에 못 할 게 없을 것 같더라고.

그런데 아무리 달려봐도 세상에는 못 할 게 많았다고, 달리기와 세

상은 다르더라는 이야기를 자영은 하고 싶었던 걸까. 엄마는 그다음 이야기를 듣지 않고 자영에게 말한다.

"조금만 더 했으면 등에 날개 달고 날아다닐 텐데. 안쓰러워 그러지."

엄마의 말처럼 조금만 더 했으면 자영은 공무원이 될 수 있었을까. 공무원이 됐다면 자영은 등에 날개 달고 날아다닐 수 있었을까. 자영은 나중의 모호한 행복이 아니라 지금, 여기에서 자기 자신으로 존재하기를 택한다.

입사 한 달밖에 안 된 공무원이 업무 과중을 호소하며 스스로 목숨을 끊었다는 뉴스를 보며 자영을 떠올렸다. 자영은 지금도 어디선가 달리고 있을까. 무언가 이루기 위한 달리기가 아닌 자기 자신이 되기 위한 달리기를 하고 있을까. 자영이 어떤 선택을 내리든 그녀를 응원하고 싶다.

매일 열심히 살고 있는 것 같은데 아무리 노력해도 딱히 삶이 나아질 것 같지 않은 예감이 들 때가 있다. 봉우리를 하나 넘으면 또 다른 봉우리, 또 다른 골짜기가 기다리고 있는 느낌. 오늘보다 내일이 나을 것 같다는 믿음이 없어지자 달릴 동력도 점점 사라졌다.

더는 서울에서
도망치고 싶지 않아

영화 <브루클린> 속

에일리스

식료품 가게에서 점원으로 일하던 에일리스(시얼샤 로넌)는 고향 아일랜드를 떠나 미국으로 향한다. 아메리칸 드림을 찾아서. 커다란 배 위에 올라 배 아래로 점점 멀어져 가는 엄마와 언니를 바라보는 에일리스의 얼굴은 비장하다. 머나먼 미국으로 향하는 바다 위에서 에일리스는 뱃멀미 때문에 죽다 살아난다. 이미 이런 끔찍한 항해를 여러 번 겪어본 듯한 또 다른 여성 이민자가 에일리스를 정성껏 돌봐준다. 입국심사를 받으러 가는 에일리스를 곱게 화장해주면서 여자는 이렇게 충고한다.

"똑바로 서고 신발을 잘 닦아야 해. 무슨 일이 있어도 기침은 하면 안 돼. 무례하게 굴거나 밀어붙이지 말고 너무 초조해 보여도 안 돼. 미국인 같이 생각해. 어디로 갈 건지 알아야 해."

정신 똑바로 차려야 해

"진아, 정신 똑바로 차려야 한다."

처음으로 서울에서 버스를 타던 날, 울면서 아빠의 전화를 받았다. 그때 아빠가 서울 사람들은 눈 뜨고 코 베어 가니 조심해야 한다는 말을 했던가. 아님 혼자 속으로 그런 생각을 했는지 가물가물하다. 쏟아지는 눈물을 참으며 복잡한 버스 노선도를 보고 또 보면서 내려야 할 정류장을 놓치지 않으려 애쓰던 모습만큼은 선명하다. 그 후로 꽤 오랜 시간 서울역에 도착하면 심호흡을 하며 마음을 다잡았다. '정신 똑바로 차리자. 정신 똑바로 차려야 해. 내가 나를 지켜야 해.'

대학은 무조건 서울로 가야 한다고 생각했다. 반짝여 보이는 건 모두 서울에 있었다. 평생 살아온 부산을 벗어나 더 넓은 세상으로 가고 싶었다. 재수 끝에 서울에 있는 대학에 합격한 후 엄마와 하숙집을 구하러 가던 날, 달동네 허름한 자취촌 언덕을 오르면서 엄마는 서울이 왜 이렇게 생겼냐고 했다. 엄마도 나처럼 서울에 대한 환상을 품고 있었나 보다.

서울에서 처음 한강을 보던 날도 기억한다. 넓고 거친 부산 바다에 비하면 한강은 밋밋하고 시시했다. 서울의 모든 것이 티브이에서 보는 것처럼 그리 반짝이지 않는다는 걸 깨닫는 데는 오래 걸리지 않았다. 그저 서울에서 살기만 한다는 이유로 반짝이는 사람이 될 수 없다는 것도.

20년 동안 비행기 한번 타본 적 없는 나와 달리 대학에는 어릴 때부터 해외에 살다 온 친구들이 많았다. 학자금 대출을 받아야 하는 친구도, 생계 때문에 아르바이트를 해야 하는 친구도 찾기 어려웠다. 아무리 부산 사투리 억양을 완벽하게 고치고 엄마가 사준 새 옷을 입어봐도 자꾸만 주눅이 들었다. 대학 시절을 떠올리면 장학금과 생활비를 위해 학교, 자취방, 아르바이트를 전전하던 모습이 먼저 생각난다. 다행히 나처럼 스무 살 때까지 비행기 한번 안 타본 남자 친구(지금의 남편)가 있어서 퍽퍽했던 20대를 외롭지 않게 보낼 수 있었다.

투머치 서울

오직 서울만 꿈꾸던 10대, 서울이 버거웠던 20대를 지나 30대가 되자 간절히 서울을 떠나고 싶었다. 사랑과 미움은 닮아 있다더니 그토록 동경했던 서울이 진저리나게 싫었다. 서울에서의 안정된 삶을 버리고 지방이나 해외로 떠난 사람들의 이야기를 동경하며 수집했다. 경제적으로는 가난해지고 몸은 힘들어져도 마음만큼은 훨씬 풍요로워진 사람들의 이야기를. 나도 그들처럼 언제든 떠날 수 있는 사람이 되고 싶었다.

몇 년 전, 《독립하고 싶지만 고립되긴 싫어》를 쓰면서 마을공동체 활동을 하는 청년과 인터뷰를 한 적이 있다. 지역 출신인 그가 했던 말에 깊이 공감했다. 서울에는 좋은 게 너무 많다고. 기회도 그만큼 많지만 잘하는 사람도 많아서 경쟁이 너무 치열하다고. 그 속에서 인정받기 위해 자꾸만 하고 싶지 않은 걸 하게 된다고. 그는 다시 고향으로 돌아갈까 고민하고 있었다.

그의 말처럼 서울은 모든 게 투머치다. 서울에 있으면 자꾸만 지나치게 노력하게 된다. 필요 이상으로 나를 증명하고 필요 이상으로 소비하고 필요 이상으로 애쓰며 살게 된다. 어딘가 고장 난 폭주 기관차에 모두가 올라탄 것 같다. 이는 서울에 살기 때문에 생기는 문제만은 아닐지도 모른다. 언젠가 사주를 보러 가서 내가 서울 아닌 지역이나 해외에 가서 살면 어떨 것 같냐고 질문한 적이 있었다. 사주 선생님은 딱하다는 표정으로 이렇게 말했다.

"그냥 서울이나 경기도에 작업실 하나 얻어서 들어가 있어요. 서울 떠나고 싶은 거, 남들 시선 때문에 그런 거잖아요. 다른 데로 간다고 다를 것 같아요?"

망치로 머리를 한 대 얻어맞은 것 같았다. 장소와 환경이 주는 영향력은 물론 중요하다. 그러나 환경이 달라져도 나는 예전과 다름없이 그대로라면 무슨 소용이 있을까. 서울에 가기만 하면 모든 게 달라질 거라고 생각했던 10대처럼, 30대의 나는 서울을 떠나기만 하면 모든 게 달라질 거라고 믿었다. 결국 중요한 것은 공간을 살아가는 나라는 걸 잊은 채.

부산과 서울 사이에서

눈물의 시간을 지나 에일리스는 미국 생활에 점점 적응한다. 평생 함께 하고픈 남자도 만난다. 에일리스는 말한다. 이제는 집이 어딘지도 모르겠다고. 그 대사를 들으며 온몸으로 고개를 끄덕였다.

언젠가부터 나는 꿈속에서도, 머릿속에서 혼자 생각할 때도 서울말을 한다. 이제 나는 내가 부산 사람인지도 모르겠다. 그냥 한때 부산에 살아서 부산 말을 할 줄 알고 부산에 가족이 있는 서울 사람 같기도 하다. 그래서일까. 고향에 돌아가고 싶다는 생각은 들지 않는다. 이미 부산을 떠난 지 10년이 넘었고 부산에 관한 기억은 모두 과거에 대한 것뿐이다. 그래도 가족이 있지 않냐고? 10년 넘게 원가족과 떨어져 살다 보면 깨닫게 된다. 엄마 아빠와 함께 있어서 즐거운 건 딱 2박 3일이라는 걸. 그럼 사랑하는 남편과 아이 그리고 일터가 있는 서울이 내 집인 걸까. 그것도 잘 모르겠다. 서울에서 평생을 살아왔거나 서울에 가족이 있는 사람들만이 갖는 안정감은 앞으로도 느끼기 어렵지 않을까. 서울에서 나는 영원히 이방인일지도 모르겠다.

올해로 서울에서 산 지 16년이 됐다. 그래도 다행인 건 더는 서울에서 도망치고 싶지 않다는 것이다. 외롭고 벅찬 도시였지만 16년간 나를 키워준 곳이었고 서울에서 수많은 소중한 기회와 인연을 만났다. 나를 물리적으로 키운 곳은 부산이지만 내가 어른으로 성장할 수 있었던 곳은 서울이다. 같은 이유로 이제는 언제든 서울을 떠나도 괜찮겠다는 생각이 들기도 한다. 지나친 사랑도 지나친 미움도 없이 이전보다 훨씬 건조해진 마음으로.

고향 아일랜드을 떠나 두 번째로 미국으로 가는 길, 커다란 배 위에 올라탄 에일리스는 또 다른 이민자 여성에게 말한다. 첫 번째 미국으로 향할 때보다 훨씬 단단해진 얼굴로.

"향수병에 걸리면 죽고 싶겠지만 견디는 수밖에 어쩔 도리가 없어요. 하지만 지나갈 거예요. 죽지는 않아요."

서울에는 좋은 게 너무 많다고. 기회도 그만큼 많지만 잘 하는 사람도 많아서 경쟁이 너무 치열하다고. 그 속에서 인정받기 위해 자꾸만 하고 싶지 않은 걸 하게 된다고.

삶의 빈틈을 견디는 일

영화 <우리도 사랑일까> 속

마고

후배 J의 별명은 '시작 천재'였다. 어느 날, J가 사무실에 출근하자마자 결연한 얼굴로 말했다.

"선배, 저 철인 3종 경기 나갈 거예요."

저질체력이었던 여성 에디터가 운동을 시작하면서 철인 3종 경기까지 나가는 내용을 담은 에세이 《마녀 체력》을 읽은 직후였다. 얼마 후 J는 배우 하정우의 《걷는 사람, 하정우》를 읽고 매일 걷기를 시작하더니 마라톤 대회에 출전했고, 영화 〈리틀 포레스트〉를 보고 덜컥 오븐을 사더니 문소리가 영화에서 요리했던 크림 브륄레를 만들었다.

어떤 날은 밤새 사주 공부를 해서 회사 사람들 사주를 줄줄이 봐주고, 또 어떤 날은 신춘문예에 도전하겠다며 입시 공부할 기세로 밑줄 치며 소설을 분석하고 습작을 써냈다 (J의 습작 〈묘박지〉에는 나를 모티브로 한 인물도 등장한다). 샌드위치 안에 있는 양상추도 빼놓고 먹던 사람이 갑자기 채식을 하지 않나, 주식으로, 유튜브로 시작의 영역은 확대됐다.

보통 뭔가에 올인하면 타인의 인정과 성과를 바라는데 J는 그렇지 않았다. J의 만족 기준은 철저히 자기 내부에 있었다. J는 시작도 잘했지만 끝도 잘 냈다. 이만하면 됐다, 재미없다 싶으면 뒤도 안 돌아보고 안녕을 고했다. J는 자기가 냄비 같다 말했지만 나는 J가 부러웠다. 내게 J는 몸도 마음도 가벼운 사람이었다. 가볍고 유연하게 뛰어들어 아낌없이 즐기고 결과에 연연하지 않는 사람. J가 이번에는 또 무엇에 '풍덩' 하고 뛰어들지 궁금해졌다.

두려워하는 감정을 두려워하는 것

영화 〈우리도 사랑일까〉의 마고(미셸 윌리엄스)는 풍덩 하고 뛰어드는 걸 두려워하는 사람이다. 두 다리가 멀쩡한 마고는 휠체어를 탄 채 승무원의 도움을 받아 공항 환승 구간을 지나간다. 마고는 말한다. 비행기 갈아타는 게 무섭다고. 잘 모르는 곳을 이곳저곳 뛰어다니고 시간 안에 갈 수 있을까 걱정하는 것도 겁난다고. 그러자 비행기 옆자리에 앉은 대니얼(루크 커비)이 묻는다.

"비행기도 놓치고?"

"아뇨. 그건 괜찮아요. 비행기 놓치는 건 두렵지 않아요."

"그럼 뭐가 두려운 거죠?"

“비행기 놓칠까 봐 걱정하는 게 두려워요. 사이에 끼어서 붕 떠 있는 게 싫어요. 무언가를 두려워하는 감정이 제일 두려워요.”

두려워하는 감정을 두려워하는 것. 중간에 붕 뜬 상태가 겁나는 것. 영화를 보면서 마고가 나랑 참 비슷하다 생각했다. 여행 가기 전 비행기가 그냥 안 떴으면 좋겠다고 바랄 때가 있다. 하늘 위에 비행기가 떠 있을 때는 차라리 괜찮다. 추락하면 어차피 죽겠지 뭐. 비행기 출발 시간에 맞춰 공항에 가고 수속을 밟고 이륙을 기다리는 과정이 불안하고 초조하다. 스트레스가 많은 날이면 비행기 출발 시간은 다가오는데 자꾸 뭔가를 빠뜨리고 발이 마음대로 움직이지 않는 꿈을 꾼다.

두려워지는 상태가 두려워서, 이도 저도 아닌 상태가 싫어서, 나도 마고처럼 뭔가에 쉽게 풍덩 빠져들지 못한다. 시작도 하기 전에 온갖 버전의 시나리오를 미리 그려놓고 이리 재고 저리 재고 나만의 안전망을 만든 다음에야 비로소 몸과 마음이 움직인다.

두 번째 퇴사를 하고 창업을 준비하다 심한 번아웃이 왔다. 사이드 프로젝트로 하던 일로 창업을 하려니 나도 모르게 자꾸 어깨에 힘이 들어갔다. 오랜 고민 끝에 회사 그만두고 시작하는 일이니 100퍼센트 역량을 투자해야 할 것 같고, 지속 가능한 사업 모델을 만들어야 할 것 같고, 조직문화도 건강하게 만들고 싶고, 브랜딩도 마케팅도 잘하고 싶었다. 전문 분야인 콘텐츠는 말할 것도 없었다.

발생할 수 있는 모든 경우의 수와 최악의 상황을 떠올리며 완벽에 완벽을 기했다. 아무리 일을 많이 해도 일이 또 이만큼 쌓여 있었다. 결국 몸이 먼저 비상경보를 울렸다. 반복되는 번아웃을 겪으면서 나와 일의 관계를 어떻게 설정해야 할지 고민됐다. 왜 일만 하면 일이 곧 내가 되어버리는지, 뭔가를 가볍게 하는 게 왜 안 되는지, 잘해야 한다는 강박은 왜 자동으로 따라오는지.

일이 곧 내가 될 때는 남편, 아이와 함께 있어도 머릿속에 일 생각이 가득 찼다. 일에 몰입할수록 남편과 아이가 걸림돌처럼 느껴졌다. 일을 하는 것도 결국은 행복한 삶을 위해서인데 일이 삶을 압도했다. 주변에 있는 소중한 사람들에게, 나 자신에게 가혹해졌다. 일을 사랑한다고 생각했던 나는 사실은 일과 잘 안 맞는 사람이 아닐까. 새로운 일을 벌이는 게 겁났다. 이러한 고민을 가만히 듣던 지인이 말했다.

"그렇다고 아무것도 안 하는 건 못 하잖아요."

달리지 않는 토끼

그림책 《슈퍼 토끼》에는 '달리면 끝장'이라고 머리에 띠를 두른 토끼가 나온다. 토끼의 이름은 '재빨라'. 우리가 알고 있는 동화 《토끼와 거북이》에 등장하는, 오만 때문에 거북이에게 달리기를 지는 수모를 겪는 바로 그 토끼다. 재빨라가 뛰지 않기로 결심한 이유는 타인의 시선 때문이다. 또다시 실패해서 웃음거리가 되는 게 무서워 아예 뛰지 않기로 한 것이다. 하지만 아무리 뛰지 않으려 노력해도 재빨라의 머릿속은 금세 달리기로 가득 찬다. 달리기는 토끼의 본능이기 때문이다. 마지막 장면에서 재빨라는 자신도 모르게 달리기를 하고 있다. 숨이 턱에 닿도록 헉헉대면서 오로지 달리는 행위에만 집중한다.

두 눈 가득 파란 하늘, 싱그러운 풀냄새, 살랑대는 바람, 세차게 뛰는 심장. 행복해하는 재빨라의 얼굴을 보면서 왜 창업을 결심했는지 생각해봤다. 무엇이 내 가슴을 그토록 뛰게 했는지, 완벽한 결과물이라는 부담감에 압도되어 내가 진짜 놓치고 있는 게 뭔지.

첫 번째 퇴사 후 창업을 준비하다 접었을 때도 이번에 창업을 하면서도 나는 내가 아무것도 아닌 상태를 견디기 어려웠다. 하루빨리 인정받고 하루빨리 성과를 내고 싶었다. 그러려면 나를 갈아 넣어야 한다고 생각했다. 일과 육아를 병행하며 일에만 집중할 수 없는 상황이 반복될수록 지치고 조바심이 났다.

나도 알고 있다. 처음부터 완벽한 사람은 아무도 없다는 걸. 새롭게 뭔가를 시작하기 위해서는 필연적으로 빈틈을 견뎌야 한다는 걸. 이도 저도 아닌 애매한 상태, 이곳과 저곳 사이에 붕 떠 있는 상태를 말이다. 머리로는 분명히 아는데 자꾸만 빈틈이 무서워 몸도 마음도 잔뜩 경직된다. 그러면서도 마음 한편에는 달리고 싶은 욕구가 꿈틀댄다. 재미있고 의미 있는 일을 기획하고 동료들과 협업해 무에서 유를 만들어내는 기쁨을 다시 느끼고 싶다. 아무것도 하지 않으면 아무 일도 일어나지 않을 텐데 나는 자꾸만 달리고 싶다.

낯선 시도 앞에서 습관적으로 어깨에 힘이 들어갈 때면 번아웃 때문에 아무것도 할 수 없었던 시간을 떠올린다. 그리고 복잡한 질문을 간단하게 바꾼다. 일을 완벽하게 해내지 못하는 것과 일이 주는 즐거움을 잃어버리게 되는 것 중에 내게 더 두려운 것은 뭘까. 답은 명확하다. 나는 할머니가 될 때까지 오래오래 즐겁게 일하고 싶다. 달리기의 기쁨을 만끽하고 싶다. 차근차근 가볍게, 삶의 빈틈을 용인하면서, 너무 비장하지 않은 마음으로.

나도 알고 있다. 처음부터 완벽한 사람은 아무도 없다는 걸. 새롭게 뭔가를 시작하기 위해서는 필연적으로 빈틈을 견뎌야 한다는 걸. 이도 저도 아닌 애매한 상태, 이곳과 저곳 사이에 붕 떠 있는 상태를 말이다.

아무래도 거슬리는 여자에 대하여

영화 <스위밍풀> 속

사라

취재를 마치고 함께 간 동료와 소맥을 마셨다. 식사를 마치고 더위가 채 가시지 않은 어두운 거리로 나오자 동료는 담배를 꺼냈다. 입에 담배를 문 동료는 내게 물었다.

"현진 님은 담배 피워본 적 없죠?"

이 기시감은 뭐지. 예전에도 누군가 비슷한 얼굴로 물은 적 있다. "현진이는 클럽 가본 적 없지?" 예상이 맞다. 마흔 해 가까이 살면서 나는 담배를 피워본 적도 클럽을 가본 적도 없다. 필름이 끊길 정도로 취해본 적도 연락 없이 잠수를 타본 적도 없다.

'사임당 홍씨'. 고등학교 시절 내 별명 중 하나였다. 정갈하게 탄 가르마에 하나로 질끈 묶은 머리를 보고 친구가 지어줬다. 복장만큼이나 품행도 방정하기는 마찬가지였다. 공교육 시스템이 싫어서 자퇴를 꿈꾸기도 했지만 기본적으로는 일탈 한 번 없이 성실히 공부하는 모범생이었다.

20대 초반에 만난 남자와 8년 연애 후 결혼했고 처음으로 들어간 직장에서 9년을 일했다. 더는 두발 단속이나 복장 단속을 하지 않아도 되는 나이가 되었지만 머리와 옷은 무난과 단정 사이를 맴돈다. '튀거나 민폐를 끼치면 절대 안 돼'라고 어딘가 새겨져 있기라도 한 것처럼 밖에 나가면 주변을 의식하며 행동을 조심한다.

혐오하고 욕망하고

줄리 : 대마초는 안 태우겠죠?

사라 : 어째서? 책은 표지만 보고 판단하는 게 아니야. 태울 만큼 태워봤어.

영화 〈스위밍풀〉에서 아마도 20대인 줄리(루디빈 사니에)의 질문에 사라(샬롯 램플링)는 나와는 다른 대답을 한다. 대마초를 태울 만큼 태워봤고 섹스도 해볼 만큼 해봤다는 사라는 영국의 범죄소설 작가다.

지하철에서 팬이라며 알아보는 사람이 있을 정도로 부와 성공 모두 얻었지만 사라는 이제 살인과 수사물이라면 신물이 난다. 최근 수사물이 아닌 새로운 책을 냈지만 독자들의 반응은 영 시큰둥하고, 출판사에서 우연히 마주친 촉망 받는 젊은 작가는 '어머니가 팬'이라고 강조한다.

슬럼프를 겪고 있는 사라에게 출판사 편집장 존은 프랑스에 있는 자신의 별장에서 기분 전환을 하고 오라고 한다. 사라는 존에게 연애 감정을 갖고 있지만 존은 사라를 돈벌이 수단으로만 보는 듯하다. 늙은 아버지를 홀로 집에 두고 사라는 혼자 프랑스로 떠난다. 입에 담배를 물고.

프랑스에 있는 존의 별장은 '작은 천국' 같다. 우중충한 영국과 다른 환상적인 날씨에, 책상이 있는 2층 방 발코니에서는 녹색 정원이 한눈에 들어온다. 창작열을 되찾은 사라는 노트북을 열고 작업에 몰두한다. 영화 속에서 사라는 나만큼 무난하고 단정한 옷차림을 하고 있다. 습관적으로 주변을 정돈하는 사라는 욕망을 절제하는 삶을 산다. 가게에 장을 보러 가서 다이어트 콜라와 요거트만 잔뜩 사고, 마을에 있는 식당에서 술을 시킬까 고민하다 결국 차를 시킨다. 아무도 보는 이가 없는 순간에도 사라는 스스로를 감시하고 통제한다.

별장의 고요와 평화는 존의 딸 줄리의 등장과 함께 깨진다. 줄리는 사라와 대척점에 있는 인물이다. 집에서 블라우스를 입고 있는 사라와 달리 줄리는 옷을 잘 입지 않고(영화에는 줄리의 노출신이 많이 나온다) 정리도 잘 하지 않는다. 줄리는 밤마다 다른 남자를 데리고 와서 시끄럽게 섹스를 한다. 누가 보건 말건 누가 듣건 말건 줄리는 자유분방 그 자체다. 욕망을 절제하는 사라와 달리 줄리는 욕망을 있는 그대로 분출한다.

별장에는 커다란 수영장이 있다. 오랫동안 쓰지 않은 듯한 수영장은 커다란 검은 방수포로 덮여 있다. 낙엽이 가득한 수영장에서 줄리는 수영복도 입지 않은 채 알몸으로 수영을 한다. 수영을 마친 줄리와 선베드에서 원고를 보고 있던 사라의 대화는 두 사람의 상반된 캐릭터를 잘 보여준다.

> ***사라 : 난 수영장은 질색이란다.***
>
> ***줄리 : 저도 무슨 말인지 알아요. 저도 바다가 더 좋아요. 부서지는 파도, 언제라도 발을 헛디디면 휩쓸려 버린다는 공포감. 수영장은 따분해요. 아무런 흥분이 없죠. 무한한 느낌이 없어요. 그냥 욕탕 같아요.***
>
> ***사라 : (수영장은) 살아 있는 박테리아 시궁창 같아.***

사라는 자신의 작업을 방해하는 줄리가 짜증나면서도 동시에 줄리에게 호기심을 느낀다. 사라는 자꾸만 줄리를 훔쳐본다. 줄리는 사라의 억눌렸던 욕망을 자극하는 존재이기도 하다. 거실에서 시끄럽게 통화하는 줄리를 뒤로 하고 마을 식당에 간 사라는 초콜릿 범벅 디저트를 허겁지겁 입에 밀어 넣는다. 옆에는 이미 비워진 와인잔이 놓여 있다.

줄리가 외출한 밤, 사라는 아무도 없는 집에서 줄리가 사둔 푸아그라와 와인을 몰래 먹는다. 사라는 줄리를 혐오하면서 동시에 욕망한다. 사라는 '줄리'라는 이름의 폴더를 만들어 줄리에 대한 글을 쓰기 시작한다. 줄리는 모르게.

추잡한 건 죄다 쓰면서

겉으로 좀처럼 욕망을 드러내지 않는 사라를 보면서 내 모습을 들킨 것 같았다. 욕망을 거침없이 드러내거나 절제하지 못하는 것은 성숙하지 못한 일, 부끄러운 일이라 여겼다.

자신에게 관대하지 못한 사람은 타인에게도 엄격하다. 나도 그랬다. 내가 그어둔 선을 넘지 않으려 애쓰면서 내 기준을 넘어선 사람을 쉽게 손가락질했다. '나라면 절대 안 저럴 텐데, 저 사람은 왜 저렇게 사는 걸까' 타인의 삶을 함부로 평가했다. 동시에 나와는 너무 다른, 나는 결코 될 수 없는 존재를 부러워하기도 했다.

박혜윤 작가는 《숲속의 자본주의자》에서 '무언가를 미워하는 마음은 내가 그것과 얼마나 가까운지를 말해준다'라고 말한다. 자꾸만 거슬리는 존재를 만났을 때 그 사람의 무엇이 나를 건드리는 것일까 생각해본다. 그곳에는 어김없이 나의 욕망이 서성대고 있다.

다시 밤에 나가는 줄리. 사라는 "네 엄마가 딱하군"이라며 "밤마다 다른 남자와 들어오는데 맘이 편하겠니?"라고 비아냥거린다. 그러자 뼈를 때리는 줄리의 한마디.

"그거 알아요? 아줌마는 히스테리 부리는 영국 여자예요. 추잡한 건 죄다 쓰면서 실천은 못 하잖아요. 고상한 척 마세요."

사라는 아무 대답도 하지 못한 채 가만히 있다. 줄리의 말이 부정할 수 없는 사실이기 때문일 것이다. 오랫동안 자신만의 세계에 갇혀 살아온 사라는 외로워 보인다. 사라 역할을 맡은 샬롯 램플링은 대사를 할 때보다 하지 않을 때 눈빛과 표정만으로 더 많은 서사를 들려준다.

이어지는 장면에서 사라는 처음으로 수영장에 들어가 수영을 한다. 몰래 훔쳐본 줄리의 일기장에서 줄리 엄마의 사진을 발견한 사라는 줄리에게 저녁 식사를 제안하고 줄리의 삶에 더욱 깊이 빠져든다. 사라와 줄리의 경계는 점차 허물어진다. 어느새 사라는 줄리처럼 경계심 없이 남자들과 대화하고 줄리는 그런 사라의 모습을 훔쳐본다.

사라가 외출한 날, 줄리는 사라가 자신에 대해 쓴 글을 발견하고 충격을 받는다. 줄리는 복수라도 하려는 듯 사라가 관심을 보이고 있던 마을 식당 직원 프랭크를 집에 데리고 온다. 다음 날, 프랭크는 사라지고 수영장 근처에서 핏자국이 발견된다.

오랜 시간 수사물을 써온 사라는 특기를 발휘해 살인 사건을 수사한다. 그리고 줄리가 프랭크를 죽였다는 사실을 알게 된다. 왜 프랭크를 죽였냐고 묻는 사라의 질문에 대한 줄리의 답변이 무척 흥미롭다.

"모르겠어요. 아줌마나… 책을 위해서였을까요?"

사라는 이번에도 그간 쌓아온 노하우를 살려 줄리가 프랭크의 시신을 은닉할 수 있도록 적극 돕는다. 줄리는 왜 자신을 돕느냐고 사라에게 묻는다. 나도 궁금했다. 사라는 왜 줄리를 도왔을까. 프랭크는 심지어 자신과 썸을 탔던 인물이기도 하다. 혹시 줄리에게 연민을 느끼게 된 걸까. 아니면 자신이 쓰는 소설을 완성하기 위해 줄리가 필요했던 걸까. 줄리의 질문에 사라는 되묻는다.

"왜 도우면 안 되지?"

예전의 나라면 하지 않았을 일

올해 들어 나는 모범생답지 않은 일탈을 선택했다. 하던 일을 모두 정리하고 백수가 된 것이다. 첫 번째 퇴사, 두 번째 퇴사 모두 그다음을 정해놓았다면 세 번째 퇴사는 달랐다. 아무런 계획도 없이 모든 것을 멈췄다.

지난해 심각한 번아웃을 겪으면서 내 안에 있는 모든 것이 소진됐다는 것을 깨달았다. 일은 곧 나였고 나를 태우며 일했는데 더는 태울 연료가 남아 있지 않았다. 몸도 마음도 지쳐서 아무것도 할 수 없었다. 아무것도 하고 싶지 않았다. 또 다른 씨앗을 뿌리기 전에 황폐해진 땅을 쉬게 하는 것이 먼저였다. 내게 안식년을 선물한 이유다.

아무것도 하지 않겠다고, 신나게 놀겠다고 선언했지만 처음 3개월은 매일 새벽 6시에 눈을 떴다. 빽빽한 투두 리스트를 하나하나 지워가면서 성취감과 효능감을 느끼며 살아왔는데 아무것도 안 해도 된다

고? 여백의 시간이 뭉텅이로 주어지니 오히려 불안했다. 이러다 금세 또 일자리를 알아보게 될 것 같았다. 다른 생각이 끼어들 틈이 없도록 아침 운동으로 하루를 시작해 예전부터 해보고 싶었던 공부를 하고 운전면허를 땄다. 그렇게 3개월을 보내고 나니 그제야 정말 놀고 싶다는 생각이 들었다.

안식년을 결심하면서 가장 큰 계획은 '예전의 나라면 하지 않았을 일 해보기'였다. 계속 쓰던 근육이 아니라 거기에 있는 줄도 몰랐던 근육을 써보고 싶었다. 캠핑 가서 남편 도움 없이 혼자 텐트를 쳐보고, 공동육아 어린이집 사람들과 함께 작은 텃밭을 가꾸고, 초등학교 졸업 이후 처음으로 피아노를 다시 배웠다. 바쁘다는 이유로, 퀄리티 있는 결과물이 나오지 않는다는 이유로 예전에는 시도조차 하지 않았을 일들을 하나씩 해보고 있다. 종종 프리랜서로 일을 하기도 하지만 노는 것을 가장 우선순위에 두고 있다. 불안하지 않다면 거짓말이지만 대체로 행복하다고 할 수 있는 날들이다.

쉼의 시간을 보내면서 생긴 가장 큰 변화는 화가 줄었다는 것이다. 일에 몰입해서 정신없는 일상을 보낼 때는 너무 쉽게 화가 났다. 부정적인 일이 생기면 '왜 내게 이런 일이 생기는 걸까' 상황을 탓하고 나를 탓했다. 삶의 변수에 취약했다.

요즘 나는 부정적인 일을 마주하면 '왜 내게 이런 일이 생기면 안 되지?'라고 스스로에게 묻는다. 누구에게나 일어날 수 있는 일이 내게도 일어났을 뿐이고, 이 일을 받아들일 수 있는 여유가 내 안에 있어서 다행이라 생각한다. 영화에서 "왜 도우면 안 되지?"라고 되물을 때 사라의 말투는 경쾌하다. 여유는 유연함의 다른 말이기도 하다. 익숙한 질문을 뒤집을 수 있는 유연함은 여유에서 나온다.

사라는 "모든 게 정상인 것처럼 보여야 해"라며 줄리에게 관리인 마르셀을 평소처럼 부르라고 말한다. 정원을 살펴보던 마르셀이 프랭크를 묻은 땅 주변을 유심히 살펴보는 모습을 본 사라는 다시 한번 예전의 사라였다면 하지 않을 행동을 한다.

스포일러가 될 수 있어 공개할 수 없지만 이 장면을 보며 나는 환호성을 질렀다. 나와 다른 존재를 만나 지금껏 머물던 안온한 세계를 부수고 나오는 여자들의 이야기를 사랑한다. 나도 그런 사람이 되고 싶다. 나도 누군가에게 '다른 존재'가 되고 싶다.

달라진 건 사라뿐만이 아니다. 줄리는 사라에게 죽은 엄마의 원고를 넘긴다. "이걸 아줌마한테 드리면 엄마가 되살아날 것 같"다며 "만약 아줌마에게 영감이 된다면 훔쳐서 사용"하라고 한다. 사라는 줄리의 이야기를 책으로 낸다. 책 제목은 《스위밍풀》이다.

〈스위밍풀〉은 무려 약 20년 전인 2003년에 나온 작품이다. 고백하건대 이 영화를 선택한 건 8할이 포스터 때문이었다. 포스터에는 파란 수영장 옆에 비키니를 입고 누워 있는 금발의 여자 줄리가 있다. 〈스위밍풀〉은 '야한 영화'의 대명사이기도 하다. 18세의 곱절만큼 나이가 들어서도 18금 영화를 봤다고 밝히는 건 여전히 멋쩍다. 이놈의 모범생병. 이런 글을 쓰는 것 역시 예전의 나라면 하지 않았을 일이다.

쉼의 시간을 보내면서 생긴 가장 큰 변화는 화가 줄었다는 것이다. 일에 몰입해서 정신없는 일상을 보낼 때는 너무 쉽게 화가 났다. 부정적인 일이 생기면 '왜 내게 이런 일이 생기는 걸까' 상황을 탓하고 나를 탓했다. 삶의 변수에 취약했다.

거슬리는 여자가 되어도 괜찮다는 용기,

그게 내겐 필요했다.

2부

웃지 않는 여자

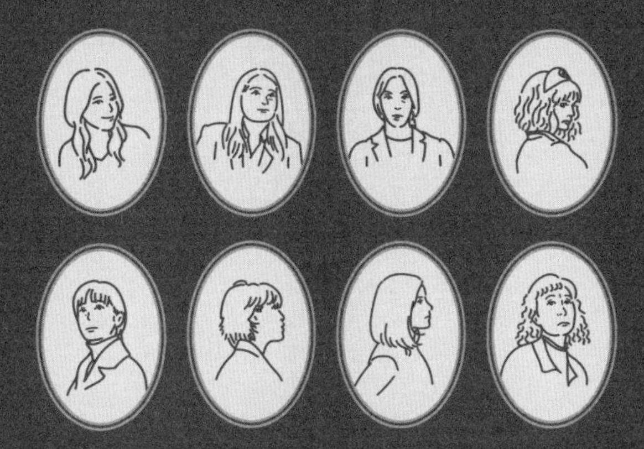

퇴사를 하지 않기로 했다는 너에게

드라마 <저, 정시에 퇴근합니다> 속

히가시야마

송년회 때 네가 그랬잖아. 앞으로 회사 일을 더 열심히 해보고 싶다고. 그때 내가 그랬지. 회사 일을 그 이상 어떻게 열심히 하냐고, 네가 해야 할 역할을 하면 되는 거라고. 회사 일은 결코 내 일이 되지 않는다고.

너무 정색했나 싶었는데 얼마 후 네가 '올해의 사원상'을 받았다는 소식을 들었어. 그간의 노고를 인정받았구나 싶어 기쁘면서도 한편으로 씁쓸했어. '아, 이제 너는 회사 인간이 되는구나. 나와는 다른 길을 걷게 되겠구나.'

회사와 나를 분리하려고 애썼어. 회사에서 하는 일이 즐겁지 않았던 것도 아니고 열심히 하지 않았던 것도 아니야. 잘하고 싶었고 보람도 있었지. 퇴사한 지 2년 가까이 돼서 전 직장 후배와 교환 일기를 쓰고 있는 걸 보면 나는 회사를 사랑하는 사람에 가까웠는지도 몰라.

하지만 회사 일이 내 모든 것이 되기를 바라지는 않았어. 경계했다는 말이 더 맞아. 난 적당히가 잘 안 되는 사람이잖아. 내 의지로 통제할 수 없는 회사가 곧 내가 되면 상처가 쌓이더라. 나만의 공간을 확보하고 싶었어. 언제든 떠날 수 있는 사람이 되고 싶기도 했고.

회사와 나를 분리한다는 것

드라마 〈저, 정시에 퇴근합니다〉의 히가시야마(요시타카 유리코)도 나랑 비슷했던 것 같아. 악착같이 정시에 퇴근하는 히가시야마에게는 몇 가지 트라우마가 있어. 회사와 일이 삶의 전부가 돼버려서 몸과 마음이 망가진 사람들. 거기에는 신입 시절 히가시야마 자신도 포함돼.

히가시야마가 제일 많이 하는 말은 "무리하지 말자"야. 저녁 6시 10분까지 도착해야 쟁취할 수 있는 반값 맥주를 마시는 히가시야마의 표정이란. 캬. 나 이 드라마 보면서 맥주 정말 많이 마셨어. 히가시야마는 말해. 이걸로 충분하다고. 납득할 수밖에 없는 행복한 얼굴을 하고서. 처음에는 이 드라마가 그냥 칼퇴근하는 여자 이야기인 줄 알았어. 드라마는 칼퇴근할 수 없는 사람들, 칼퇴근 하고 싶어 하지 않는 사람들의 서사를 함께 보여줘. 회사 일이 삶의 대부분을 차지하는 사람들 말이야.

사실 히가시야마가 정시 퇴근을 할 수 있는 가장 큰 이유는 좋은 조직문화를 가진 대기업에 다니기 때문이야. "회사를 위해 내가 있는 것이 아니라 나를 위해 회사가 있는 것이다." 이 문장이 이 회사의 슬로건이야.

그렇게 좋은 회사에 다녀도 모두 히가시야마처럼 정시 퇴근을 하는 건 아니야. 오히려 히가시야마는 별종 취급을 받지. 누군가는 불안해서, 누군가는 인정받고 싶어서, 누군가는 일이 너무 많아서, 누군가는 일이 정말로 좋아서, 누군가는 일밖에 할 게 없어서 회사에 늦게까지 남아 일을 해(물론 원칙과 절차를 무시하고 과노동을 종용하는 시스템은 여전히 존재해).

예전의 나 같았다면 히가시야마처럼 미간을 찌푸리고 고개를 저으며 말했을 거야. 뭘 위해서 그렇게까지 일하는 거냐고. 무리하지 말라고. 할 수 있는 만큼만 하면 된다고.

그런데 이번에 드라마를 볼 때는 조금 다른 생각이 들더라. 네 편지 때문이었을까.

내가 아는 너는 신기하리만치 인정 욕구가 크지 않은 사람이었어. 그 말은 타인의 평가에 예민하지 않다는 거지. 조직 내 역학 구도 같은 것에도 무관심했어. 개인주의자, 자유인. 내가 생각하는 네 모습이었어. 나쁜 의미는 아니야. 그런 모습 덕분에 너와 이야기할 때면 해방감을 느꼈어. 내가 너무 복잡하게 살고 있구나 싶었지.

그랬던 네가 내가 퇴사한 후 야근이 많아지는 걸 보면서 미안하기도 하고 한편으로는 걱정스럽기도 했어. 양육자가 일을 열심히 한다는 건 일과 육아 사이의 곡예가 더 힘들어진다는 걸 뜻하잖아.

같은 팀인 너한테 내 짐을 떠넘기고 온 게 아닐까, 회사가 너를 너무 혹사시키는 게 아닐까, 잘해야 한다는 부담감 때문에 너 스스로를 착취하고 있는 건 아닐까, 저러다 건강을 잃는 건 아닐까 안타까웠어. 그런데 말이야. 지난번에 네가 보낸 편지를 몇 번이나 읽으면서 내가 오만했다는 생각이 들더라. 내가 다른 사람의 일을 너무 납작하게 바라봤구나. 선명히 느낄 수 있었어. 네가 지금 하고 있는 일을 애호하고 잘하고 싶어 한다는 걸. 더는 네가 마냥 걱정되고 챙겨줘야 할 것만 같은 후배가 아니라는 걸 말이야.

올해의 사원상 아니라 올해의 노예상 아니냐고, 이러다 회사 건물에 비석 세우는 거 아니냐고 놀려댔지만 몰입과 헌신의 경험을 통해 너는 분명 성장하고 있었어. 나 같은 사람은 얻지 못할 경험이지. 한편으로는 네가 부럽기도 했어.

일에 목숨을 거는 일

9년간 한 회사에 다닐 때는 회사 밖에만 나가면 전혀 다른 삶이 기다리고 있을 것 같았어. 회사라는 안전한 울타리에서 매일 같은 일상을 반복하고 있는 내가 겁쟁이처럼 느껴졌지. 보험 들어 놓는 심정으로 회사 일 아닌 내 일에 더 집착했던 것 같아.

퇴사 후에야 알게 됐어. 경험은 어떤 식으로든 흔적을 남기게 된다는 걸. 불쑥불쑥 그때의 일 경험이, 그때의 인연이 내 안에 깊이 새겨져 있다는 걸 깨달아. 무엇보다 내게는 일에 대해 이렇게 진지하게 같이 고민할 수 있는 동료가 남았지.

드라마에서 특히 마음에 남는 장면이 있었어. 일이 곧 삶이 되어버린 동료를 걱정하는 히가시야마에게 신입 시절 상사 이시구로는 말해. 모든 걸 걸고 일하는 기쁨도 있다고. 히가시야마는 되물어. 목숨까지 걸고 할 일은 아니지 않느냐고. 이시구로는 이렇게 말해.

"우리 노동자들은 많든 적든 일에 목숨을 걸고 있어. 죽을 때까지 귀한 시간을 대부분 노동에 바치고 있지."

우리는 모두 많든 적든 자신의 목숨을 연료로 일을 하고 있어. 회사 안이든 회사 밖이든 본업이든 딴짓이든. 어떤 게 더 나은 삶이라고 말할 수는 없어. "다들 저마다 스케줄과 사정에 따라 움직이는 것임을, 결국 살기 위한 각자의 선택일 뿐"이라는 네 말처럼 말이야.

퇴사하지 않겠다는 결정을 내리고 마음이 편해졌다고 했지. 지금도 나는 온전한 회사 인간으로 살지 못하고 있어. 토막 시간을 쪼개 매일 조금씩 새로운 시도를 해보는 중이야. 이걸 거창하게 모험이라고까지 부를 수 있을지 모르겠어. 가끔은 한 가지에 모든 걸 걸고 일하지 못하는 내가 답답하기도 해. 나를 지킬 수 있는 공간을 어김없이 찾는 내가 말이야.

나는 이런 사람인 것 같아. 숨 쉴 구멍이 필요한 사람. 안 그럼 또다시 못 버티고 부러질 것 같거든. 링거를 자주 맞다가 결국 퇴사한 그때처럼 말이야.

그래도 다행인 건 예전처럼 도망가고 싶지는 않아. 죽이 되든 밥이 되든 땅에 발을 굳게 딛고 있는 사람이 되고 싶어. 아무리 울고 도망쳐도 숨을 곳이 없다는 걸 이제는 알거든.

우리는 모두 많든 적든 자신의 목숨을 연료로 일을 하고 있어. 회사 안이든 회사 밖이든 본업이든 딴짓이든. 어떤 게 더 나은 삶이라고 말할 수는 없어. "다들 저마다 스케줄과 사정에 따라 움직이는 것임을, 결국 살기 위한 각자의 선택일 뿐"이라는 네 말처럼 말이야.

두 여성 형사의 '애쓰는 삶'이 구한 것

드라마 <믿을 수 없는 이야기> 속

그레이스와 캐런

캐런(메릿 위버)은 형사이자 두 아이의 엄마다. 캐런의 첫 등장 장면. 푸석하고 무거운 얼굴로 운전 중인 캐런은 집에 있는 남편에게 아이 건강 상태를 묻고 확인한다. 통화가 끝난 후 사건이 발생했다는 보고가 스피커폰에서 들려온다. 캐런은 바로 현장으로 달려간다. 수색이 진행되는 현장에서 캐런은 강간 피해자 앰버를 만난다. 앰버를 차에 데리고 가서 신중하게 어떤 일이 있었는지 묻는 캐런. 자신의 행동을 자꾸만 검열하는 앰버에게 캐런은 말한다.

"앰버, 네 결정을 해명하지 않아도 돼. 네가 누구한테 말하고 언제 말할 건지는 전적으로 너한테 달렸어."

앰버를 존중하고 지지하며 수사의 맥락과 절차를 설명하는 캐런의 모습을 보며 안도의 한숨을 내쉬었다. 슬펐다. 3년 전 마리(케이틀린 디버)에게도 캐런 같은 형사가 있었다면 어땠을까.

또요?

2008년 워싱턴주. 청소년 자립 시설에 사는 10대 여성 마리는 복면을 쓴 남성에게 강간을 당한다. 마리가 성폭행 피해 사실을 외부에 알리는 순간부터 기계적이고 고압적인 수사가 시작된다. 경찰은 몇 번이고 마리에게 반복적으로 진술을 요구하고 마리는 몸과 마음을 추스를 여유도 없이 자신이 강간당했음을 입증해야 한다. 마리가 초점을 잃은 눈빛으로 가장 많이 하는 말은 "또 요?"다.

마리의 위탁모를 비롯한 주변 사람들은 자신이 알고 있는 피해자다움을 근거로 마리의 진술을 의심한다. 위탁 가정을 전전하며 마리가 겪어야 했던 불운한 과거는 마리가 관심을 끌기 위해 거짓말을 했다는 근거가 된다. 두 남성 경찰은 마리의 발언에서 모순점을 찾아내 마리에게 허위 진술을 했다고 자백하라 강요한다.

경찰과 사회가 마리의 피해를 믿을 수 없는 이야기라고 규정하자 더욱 믿을 수 없는 일들이 줄줄이 벌어진다. 마리의 신상이 온라인에 공개되고 마리는 집도 잃고 직장도 잃고 친구도 잃는다. 심지어 경찰은 허위 신고로 시민의 안전을 위협했다며 마리를 고발하기까지 한다.

2011년 콜로라도주. 앰버 사건을 수사하던 캐런은 남편이 일하고 있는 경찰서에서도 앰버가 겪은 것과 동일한 형태의 연쇄 강간 사건이 발생했음을 알게 된다. 그렇게 다른 경찰서 소속인 캐런과 그레이스(토니 콜렛)는 합동 수사를 시작한다. 역시 기혼 여성인 그레이스는 캐런이 형사 초년생이었던 시절, 놀라운 활약을 보여줬던 선배이기도 하다. 캐런이 깊은 물 같다면 그레이스는 거대한 불같다.

두 사람이 성범죄 수사 과정에서 보여주는 태도는 감탄스럽다. 그레이스는 기억이 사라져 미안하다는 피해자에게 그건 자연스러운 방어기제라며 사과하지 말라고 말한다. 드라마에서도 현실에서도 성범죄 피해자는 자신이 무엇을 잘못해 성범죄 대상이 되었을까 끝없이 자책한다. 진술이 일관되지 못하거나 조금이라도 튀는 행동을 하면 '피해자답지 못한 이상한 여성'이라며 신상이 털리고 피해의 진정성까지 의심받는다. 이미 강간 피해를 당한 마리는 경찰과 사회로부터 2차, 3차 반복해서 공격당한다.

"강도 피해자를 거짓말쟁이로 몰아가는 사람은 없어요. 그러나 성범죄 피해자만 보면…."

마리의 변호사가 하는 이야기는 '가짜 미투'라는 말이 여전히 존재하는 2021년의 현실과도 그리 멀지 않다. 입맛이 쓰다.

범인 잡는 것만큼 중요한 일

드라마 〈믿을 수 없는 이야기〉는 기존의 남성 중심 범죄 드라마와 전혀 다른 문법으로 전개된다. 보통의 범죄 드라마가 범인을 찾는 과정에 집중한다면, 이 드라마는 두 여성 형사가 성범죄 피해자를 대하는 태도에 좀 더 초점을 맞춘다. 그레이스와 캐런은 성범죄 피해자를 한 사람의 인격체로 대하며 마음을 살핀다. 두 사람이 같은 여성이기에 가능한 일일까? 그레이스는 함께 일하는 남성 동료 태거트의 미온적 태도에 분노하며 캐런에게 말한다.

"누구도 여성 대상 폭력 자료를 들여다보지 않아. 남자 강간율도 여자만큼 높으면 어떨까? 태거트가 밤에 장 보고 가다가 낯선 사람한테 후장 따일까 걱정해야 한다면? 저 사람의 분노는 어디에 있어?"

8회로 구성된 드라마에는 직접적인 성범죄 묘사 장면이 등장하지 않는다. 피해는 고스란히 남아 있는데 범인은 잡히지 않고 공권력은 무력하다. 피해 여성들의 무너진 삶을 보는 것만으로도 마음이 무거워 한 회 한 회 보는 게 괴로웠다.

드라마에서 가장 숙연해지는 장면이 있다. 지금도 15년 전 처음 맡은 강간 사건 꿈을 꾼다는 그레이스에게 캐런은 말한다. 자신도 그렇다고. "디자 존스. 열여섯 살 생일을 하루 앞둔 애였죠."(캐런) "메리 팻 오언스. 서른두 살. 세 아이의 엄마."(그레이스) 한때 뉴스에 잠시 회자되고 말았지만 두 형사의 삶에 깊이 새겨진 이름들. 한 명 한 명 고유한 서사를 가진 인간이었던 여성들.

그레이스와 캐런이 여성이기에 여성들이 겪어야 했던 피해에 더 민감하고 더 분노했을 수 있다. 그러나 피해자를 한 인간으로 존중하며 수사하는 것은 경찰이라면 당연히 지켜야 할 직업윤리이기도 하다. 그 당연한 윤리가 현실에서는 너무 쉽게 깨진다.

기혼 여성인 두 사람 삶의 한 축에는 가족이 있다. 캐런은 집에 와서 일을 하면서도 자다 깬 아이를 돌보고, 그레이스는 남편과 식사를 하며 일 이야기를 나눈다. 이들은 직업인인 동시에 일상을 살아가는 생활인이다. 수사 도중 아이와 통화하다 미안하다고 말하는 남성 동료에게 캐런은 말한다. 가족 돌보는 일로 사과하지 말라고. 그 말이 그렇게 든든하게 들릴 수 없었다. 드라마에는 일과 삶의 균형에 대한 고민이 녹아 있다. 그레이스는 아이를 재울 시간에도 퇴근하지 않는 캐런을 걱정한다.

"일이 중요하다는 건 알아. 하지만 일을 인생의 최우선 순위에 놓으면 문제에 부닥치게 될 거야. 물론 이렇게 급박한 상황에 내려놓는 게 쉽지 않지. 하지만 그게 생존 기술이야. 그런다고 나쁜 경찰이 되진 않아."(그레이스)

캐런은 과거에 맡았던 가정 폭력 사건 이야기를 들려준다. 퇴근 후 동료들과 잠시 맥주를 마시고 있는 사이, 감옥에 들어갔다 보석으로 풀려난 가해자 남편이 아내의 다리뼈와 두개골을 깨뜨렸던 사건을. 캐런은 말한다. 삐끗할 기회는 수도 없이 많다고, 그래서 내 안의 희미한 목소리가 집에 가지 말라고 하면 거기에 집중하려고 한다고.

누구보다 일에 진심인 그레이스는 자기와 꼭 닮은 캐런이 걱정됐을 것이다. 동시에 범인이 언제 또다시 범행을 저지를지 알 수 없는 상황에서 개인의 삶을 포기할 수밖에 없는 캐런의 심정도 충분히 이해가 갔다. 아이들이 자신을 원망할까 걱정하는 캐런에게 그레이스는 자신의 엄마도 일하느라 바빴다고, 하지만 본인은 독립적으로 컸다고 말해준다. 그 말이 그렇게 든든하게 들릴 수 없었다. 동료인 두 사람은 서로를 신뢰하고 존중한다.

일의 윤리를 묻다

그레이스는 가장 주목받을 수 있는 체포의 순간을 생색내지 않고 캐런에게 넘긴다. 여성 후배에게 영광의 순간을 만들어주는 여성 선배. 나도 저런 여자 선배가 될 수 있을까.

체포 장면은 전혀 극적이지 않다. 캐런은 특유의 무심한 얼굴로 용의자의 얼굴을 똑바로 쳐다보며 미란다 원칙을 고지한다. 그리고 용의자 집에서 꼼꼼하게 증거를 수집한다. 그 후 흔한 회식도 없이 그레이스와 캐런은 각자 차를 타고 집으로 돌아간다. 체포만으로 모든 게 끝나는 게 아니라는 걸, 축포를 터트리기에 너무 이르다는 걸 두 사람은 잘 알고 있다.

추가 증거를 수집하는 과정에서 캐런과 그레이스는 용의자가 3년

전 마리의 나체를 촬영한 사진을 발견한다. 두 사람의 충실하고 고집스러운 수사가 3년이라는 시차를 넘어 마리의 진실을 입증하는 순간이다. 세상에 믿을 수 있는 사람은 없으며 결국 나를 지켜야 하는 건 나 자신이라고 냉소하며 살아가던 마리. 얼굴 한 번 본 적 없는 두 형사가 마리의 삶을 구원한다. 마리는 "눈을 뜨면 이제는 좋은 일을 상상할 수 있다"고 말한다.

황정은 작가는 에세이집 《일기》에 이렇게 적었다.

> ***"<믿을 수 없는 이야기>의 두 형사 그레이스와 캐런은 한번도 만나지 못한 마리의 삶을 본인들의 일로 돕는다. 누군가의 애쓰는 삶이 멀리 떨어진 누군가를 구한다. 그런 일은 종종 일어나며, 픽션 드라마에서나 일어나는 일도 아니다."***
>
> **– 황정은, 《일기》**

나의 '애쓰는 삶'은 누구를 구할 수 있을까. 내가 하고 있는 일의 윤리는 무엇일까. 무거운 질문이 꼬리를 문다.

"일이 중요하다는 건 알아. 하지만 일을 인생의 최우선 순위에 놓으면 문제에 부닥치게 될 거야. 물론 이렇게 급박한 상황에 내려놓는 게 쉽지 않지. 하지만 그게 생존 기술이야. 그런다고 나쁜 경찰이 되진 않아."

술에 취한 여자는 죄가 없다

영화 <프라미싱 영 우먼> 속

캐시

"저런 여자들은 알아서 제 무덤 파는 거야."

만취한 여자가 몸을 똑바로 가누지 못한 채 홀로 소파에 앉아 있다. 옷매무새는 흐트러졌고 벌어진 다리 사이로 살짝 속옷이 보인다. 바에서 술을 마시고 있던 세 남자가 여자의 모습을 지켜보며 한 마디씩 거든다.

"자기가 안 조심하는데, 이런 클럽에 오는 남자가 덕을 좀 본대도 뭐라 할 거야."

셋 중 말을 아끼고 있던 한 남자가 걱정스러운 눈빛으로 여자에게 다가간다. 남자는 집에 가는 길에 여자를 데려다주겠다며 함께 택시에 탄다. 그러고는 완전히 뻗기 전에 술 한 잔만 더 하자며 여자를 자기 집으로 이끈다. 여자의 의사와 무관하게 계속해서 여자의 몸을 더듬던 남자는 급기야 여자의 팬티를 벗긴다. 조금 전까지만 해도 취한 것 같았던 여자가 갑자기 정색하며 남자에게 묻는다.

"야! 뭐 하는 거냐고 묻잖아."

영화 〈프라미싱 영 우먼〉의 첫 장면이다. 캐시(캐리 멀리건)는 낮에는 동네 카페에서 아르바이트를 하고, 밤이면 클럽에서 만취한 척 연기를 한다. 그때마다 어김없이 남자들이 접근해오고 동의를 받지 않은 채 추행을 한다. 캐시가 갑자기 정색하는 순간, 남자들은 귀신이라도 본 것처럼 놀란 얼굴이 된다. 방금까지만 해도 아무렇지도 않게 강제 추행을 하던 남자들은 하나같이 자신은 나쁜 남자가 아니라고 주장한다.

"아직도 나랑 하고 싶어? 다음에 누구 만날 땐 조심해"라며 참교육을 시전한 캐시. 그녀는 집에 돌아와 다이어리를 꺼내 실적을 기록한다. 정확한 의미를 알 수 없는 빨간 선, 파란선, 검은 선으로 가득한 다이어리를 보며 캐시가 이 위험한 일을 꽤 오랫동안 해왔음을 짐작할 수 있다.

대체 캐시는 왜 이런 미친 짓을 하는 걸까. 시계를 7년 전으로 돌려보자.

웃지 않는 여자

캐시와 함께 의대를 다녔던 니나는 어린 시절부터 캐시의 절친이자

우상이었다. 만취한 니나는 다른 남자 동기들이 보는 앞에서 의대생 동기인 알에게 성폭행을 당한다. 니나의 온몸에 멍이 들고 더러운 소문이 나돌지만 대학 당국에서는 증거가 불충분하다며 별다른 조치를 취하지 않는다. 결국 니나는 스스로 목숨을 끊는다.

캐시는 당시 니나의 곁에 있어 주지 못했던 것에 죄의식을 느끼며 의사의 꿈을 접는다. 그리고 속죄하는 마음으로 불특정 남성에게 복수를 하며 살아간다. 컬이 굵게 들어간 금발 머리에 핑크색 가운을 걸치고 공주풍 집에 사는 캐시의 모습에서 〈금발이 너무해〉〈퀸카로 살아남는 법〉 같은 2000년대 초반 하이틴 로맨스 여주인공의 모습이 보인다. 캐시에겐 이들과 다른 점이 있다. 결코 웃지 않는다는 것, 그리고 무슨 짓을 할지 모른다는 것.

의대 동기였던 라이언(보 번햄)과 우연히 만나면서 캐시는 그때 그 시절 대학 동기들이 허무할 정도로 잘 살고 있다는 사실을 알게 된다. 니나를 성폭행했던 알이 마취과 의사가 되었고 곧 결혼할 예정이라는 것도. 캐시는 좀 더 직접적인 복수를 시작한다.

캐시의 복수는 남성만을 향하지 않는다. 7년 만에 다시 만난 여자 동기는 애초에 니나가 정신을 잃을 만큼 취했던 게 문제라고, 아무하고나 자고 다닌다는 소리를 듣는 아이의 말을 어떻게 믿을 수 있냐고 항변한다. 당시 사건을 조사했던 여자 학장은 니나가 취해 있었다면 그 기억이 옳지 않을 수도 있다고, 이런 고발이 들어올 때마다 젊은 남자의 인생을 망쳐야 하냐고 되묻는다.

술에 취한 여성을 강간한 남성이 문제일까? 술에 취한 여성이 문제일까? 성범죄에 관용적인 문화 속에서 성범죄 피해를 당한 여성은 '그런 일을 당할 만한 행동을 했는지' 끊임없이 심판받는다. 세상은 피해자다움을 기준으로 진짜 피해자와 가짜 피해자를 나눈다. 영화는 니나가 겪었던 일이 니나가 '그렇고 그런 여성'이라서 당한 일이 아니라 여성 누구에게나 일어날 수 있는 일임을 매우 직접적인 방식으로 보여준다.

이건 네 잘못이 아니야

캐시는 당시 성폭행 현장을 촬영한 동영상을 뒤늦게 보게 된다. 의대 동기 모두가 돌려보며 낄낄댔지만 모두가 침묵했던 영상. 영상을 재생하자 마치 쇼를 관람하듯 환호하는 남자들의 목소리가 들리고 영상을 보며 오열하는 캐시의 얼굴이 클로즈업된다.

캐시는 영상에서 남자 친구 라이언의 목소리를 듣는다. 다른 남자와는 분명 다르다고 생각했던 소아과 의사 라이언은 그때는 모두 어렸다고, 자신을 나쁜 놈이라고 생각하지 말라며 억울한 표정을 짓는다. 하지만 구경꾼도 공범. 캐시에게 관용이란 없다. 피해자는 세상을 떠났고 가해자들은 일말의 죄책감도 없이 잘 살아간다. 캐시는 제대로 된 복수를 결심하고 알의 총각파티 장소로 찾아간다. 간호사 스트리

퍼로 변장한 채.

영화를 보면서 처음으로 짧은 치마를 입었던 20대 초반 어느 날이 떠올랐다. 수많은 눈길을 받으며 내 몸이 마치 물건이라도 된 것처럼 느껴졌다. 다시는 이런 옷을 입지 말아야겠다고 결심했다.

여성으로서의 내 몸을 자각한 후 내 몸을 스스로 지켜야 한다고 생각했다. 노출이 있는 옷을 입지 않으려 했고 술을 마시면 정신을 똑바로 차리려 했다. 일상적인 성희롱과 성추행을 겪으면서도 단 한 번도 캐시처럼 정색하지 못했다. 혹시 내가 오해한 게 아닐까, 내가 뭘 잘못한 게 아닐까. 문제를 내게서 먼저 찾았다.

영화에서 가장 처참했던 장면이 있다. 범죄를 저지르고 겁에 질려 있는 알에게 알의 친구 조는 알의 얼굴을 똑바로 쳐다보며 말한다.

"이건 네 잘못 아니야. 이건 그냥 사고였어."

여성들이 자기검열을 하는 동안 남성들은 서로의 다정한 면죄부가 되어준다. 영화의 제목 '프라미싱 영 우먼'은 전도유망한 젊은 여성이라는 뜻이다. 전도유망한 여성이었던 니나의 인권은 남자 의대생들의 전도유망함에 밀려 처참히 짓밟힌다. 성범죄 가해자로 지목되는 바람에 자신도 피해를 입었다고 주장하는 알에게 캐시는 차가운 얼굴로 말한다. 여자들이 꾸는 진짜 악몽이 뭔지 알기나 하냐고.

침묵하거나 미친년이 되거나

윤석열 국민의힘 후보가 대통령으로 당선된 다음 날, 문재인 대통령이 안희정 전 충남지사 부친의 빈소에 근조화환을 보낸 것을 비판하는 보도가 나왔다. 선거 기간에는 윤석열 후보의 배우자 김건희 씨가 "안희정이 불쌍하다"라는 발언을 했다는 사실이 밝혀져 논란이 되기도 했다. 이쯤 되면 누구를 피해자라고 생각하는 건지 헷갈린다. 권력형 성범죄 가해자를 향한 배려와 공감이 왜 피해자에게는 적용되지 않을까.

윤석열 당선인은 '성범죄 처벌 강화'와 '무고죄 처벌 강화'를 나란히 선거 공약으로 내걸었다. 대부분의 여성이 성범죄 피해 사실을 공개하는 것조차 어려워하는 나라에서 성범죄 처벌과 무고죄 처벌이 어떻게 동일한 무게로 언급될 수 있는지 황당할 따름이다. 성폭력 피해 생존자 김지은 씨는 책 《김지은입니다》에서 "그들이 말하는 '가짜 미투'가 도대체 무엇일까"라면서 "한국 사회에서 누가 대체 성폭력을 당했다며 제 인생을 그렇게 해체하면서까지 강간 경험을 내놓을까"라고 반문한 바 있다.

사회적 안전망에 대한 믿음이 무너졌을 때 여성의 선택은 두 가지다. 그냥 침묵하거나 캐시처럼 위험을 무릅쓰고 스스로를 구하거나. 대선 직후 여성들의 호신용품 검색이 늘어난 것은 결코 과민반응이 아니다.

영화의 마지막, 캐시는 상상도 못했던 방식으로 복수를 완성한다. 이렇게까지 해야 할까 싶지만 그렇지 않은 방법은 떠오르지 않아서 더욱 슬프다. 캐시는 정말 미친년일까. 제정신이 아닌 사람은 대체 누구일까.

술에 취한 여성을 강간한 남성이 문제일까? 술에 취한 여성이 문제일까? 성범죄에 관용적인 문화 속에서 성범죄 피해를 당한 여성은 '그런 일을 당할 만한 행동을 했는지' 끊임없이 심판받는다. 세상은 피해자다움을 기준으로 진짜 피해자와 가짜 피해자를 나눈다.

돈으로는
자유로워질 수 없어요

영화 <종이달> 속

리카

2215억 원. 오스템 임플란트에서 자금 담당 업무를 맡았던 직원이 빼돌린 회삿돈 총액이다. 이 직원은 잔액 증명서를 위조하고 회사 자금을 개인 계좌와 증권 계좌로 이체하는 방식으로 회사 자금을 횡령했다고 한다.

감도 오지 않는 엄청난 액수에 어떻게 이런 일이 가능할까 의아했는데 비슷한 사건이 또 일어났다. 서울 강동구청 투자 유치과에서 근무했던 공무원이 공금 115억 원을 횡령해 긴급 체포됐다는 보도가 나왔다. 그 역시 대부분의 돈을 주식 투자에 썼고, 후임자가 수상한 점을 발견하고 제보할 때까지 1년 넘게 아무도 그가 돈을 빼돌리고 있다는 사실을 몰랐다. 뉴스를 보며 몇 년 전 봤던 영화 한 편이 떠올랐다. 한 은행원의 공금 횡령 사건을 다룬 〈종이달〉.

시작은 10만 원

시작은 1만 엔(10만 원)이었다. 백화점 화장품 코너에서 결제를 하려는데 돈이 모자랐다. 이미 골랐던 화장품 중 하나를 뺀 상태였다. 더는 체면 깎이기 싫은 마음에 고객 돈이 들어 있는 봉투에서 10만 원을 뺐다. 바로 현금 인출해서 채워 넣으면 되지 뭐. 그때 리카는 알았을까. 10만 원에서 시작된 돈이 나중에 수억 원으로 늘어날 줄.

리카(미야자와 리에)는 4년 차 은행원이다. 전업주부였던 리카는 파트타임으로 일하다 얼마 전 계약직 사원이 됐다. 영화의 배경은 1990년대 중반. 은행원이 고객 집에 직접 찾아가 업무를 보던 시절이다. 돈을 만지는 일이기에 직원들은 옷차림이나 생활수준이 바뀌지 않았는지 서로 예의 주시한다.

돈 많은 진상 고객 히라바야시의 집에서 그의 손자 코타(이케마츠 소스케)를 만나면서 리카의 인생에는 커다란 균열이 생긴다. 학교 등록금 때문에 빚을 졌지만 가족의 도움을 받을 수 없는 상황이라는 코타의 안타까운 사연을 들은 리카는 히라바야시가 은행에 맡긴 돈 2000만 원을 빼돌려 코타에게 빌려주기로 한다.

학창 시절 아빠 지갑에서 돈을 훔쳐 수해로 힘들어하는 다른 나라 아이들에게 기금을 보냈던 것처럼 시작은 분명 선의였다. 리카는 할아버지가 마땅히 빌려줘야 할 돈을 자신이 대신 빌려주는 거나 마찬가지라고, 어차피 예금 만기 날짜 돌아오려면 몇 년 남았으니 그때 채워

넣으면 된다고 횡령을 합리화한다. 코타에게는 여윳돈을 빌려주는 거라 둘러댄다. 코타는 돈 받기를 망설이면서 말한다. 이 돈을 받으면 우리는 달라질 거라고. 리카는 자신 있게 말한다.

"아무것도 안 달라져. 200만 엔(2000만 원) 정도로."

코타의 예감처럼 그 후 리카의 삶도 두 사람의 관계도 완전히 달라진다. 리카는 고객 돈에 점점 더 대담하게 손을 대고 횡령 수법도 다양해진다. 혼자 사는 치매 노인 고객을 속여 상품에 가입하게 만들고, 집에 컬러 프린터기를 설치해 문서를 위조한다. 다들 조금씩 부정을 저지르고 있다는 동료의 말에 리카는 애써 죄책감을 지운다.

리카의 욕망은 점점 커진다. 싸구려 모텔에서 관계를 갖던 리카와 코타는 호텔 스위트룸에서 호캉스를 즐기고, 수십만 원짜리 손목시계에 만족하던 리카는 억대 명품 시계를 코타에게 선물한다. 처음에는 아르바이트를 해서 착실히 돈을 갚던 코타는 점점 자립심을 잃어가고 학교마저 그만둔다.

돈은 달콤하고 친절하다. 그리고 절대 만족을 모른다. 아무리 돈을 빼돌려도 리카의 씀씀이를 따라가기엔 역부족이다. 돈은 계속 써도 써도 모자라다. 처음에는 언젠가 되돌려 놓을 생각으로 장부를 정리하던 리카는 이제 자신이 얼마나 많은 돈을 횡령했는지 모른다. 있지도 않은 금융 상품을 만들어 고객 유치에 매달리고 사금융 대출까지 알아본다.

리카의 얼굴에서 점점 표정이 사라진다. 본인도 자신이 무슨 짓을 하고 있는지 모르는 것 같다. 가짜와 진짜는 경계가 희미해진다. 빼돌린 돈으로 코타와 함께 호의호식하는 이 삶이 리카에게는 현실 같기도 하다. 가짜 현실을 빼앗기지 않으려 리카는 필사적이다. 리카는 뻔뻔해진다.

돈에서 자유로울 수 없는 사람들

영화는 동명 소설이 원작이다. 작가는 몇 개의 실화를 바탕으로 소설을 썼다고 한다. 원작 소설을 읽은 것은 6년 전, 마드리드에서였다. 마드리드 시내 한복판에서 남편과 싸우고 홀로 호텔 방에 돌아와《종이달》을 읽었다. 남편과 다툰 이유는 자라 때문이었다. 파충류 자라 말고 스페인 스파 브랜드 자라(ZARA).

여행만 가면 쇼핑이 더 하고 싶었다. 분명 한국에서 여행용 옷을 잔뜩 새로 사갔는데 지나가는 여행객들의 옷차림을 보거나 쇼핑몰에 진열된 옷을 보면 물욕이 피어올랐다. '해외까지 왔는데 좀 과감한 옷을 사볼까, 생각보다 날씨가 더우니 많이 더울 때 입는 옷을 좀 살까, 저런 모자도 하나 있으면 좋겠다, 이런 옷은 여기서밖에 못 사지, 가격이 너무 저렴한데, 그동안 열심히 일해서 여기까지 왔는데 이 정도도 못 사?' 쇼핑을 해야 하는 이유는 차고 넘쳤다.

스페인에는 자라 매장이 정말 많았다. 매장마다 전시된 옷이 다르고 옷 종류도 조금씩 달랐다. 보이는 자라마다 다 들어가 보고 싶었고 남편은 싫은 기색이 역력했다. "나도 지금까지 너 배려해서 가기 싫은 데 억지로 간 곳 많았어"로 싸움은 시작됐다.

소소한 쇼핑 중독은 계속 있었다. 명품백은 없지만 에코백은 100개 있는 물욕. 특히 옷과 책에 집착했다. 물건을 고르고 결제 버튼 누를 때까지는 행복한데 택배가 도착할 즈음에는 이걸 왜 샀지 하고 죄책감이 밀려왔다. 물건을 살 때만 해도 이것만 사면 삶의 질이 확 달라질 것 같은데 막상 물건이 손에 들어오면 또 다른 것, 또 다른 것이 갖고 싶었다. 그러면서 겉으로는 물욕 없는 척, 돈 같은 건 관심 없는 척 보이려 애썼다. 내가 명품이나 비싼 걸 사는 것도 아니고, 남들도 이 정도는 다 쓰고 산다며 소비를 합리화했다. 습관처럼 쇼핑 사이트를 들락거렸다.

> ***"게다가-하고, 아래층을 오가는 사람들을 눈으로 좇으며, 리카는 생각했다-저렇게 많은 사람들이 쇼핑하고 있다. 이 사람도 저 사람도, 저렇게 많은 종이가방을 들고 있다. 지금까지 내가 너무 절약했다. 내 옷차림에 너무 무신경했다. 그런 식으로 생각하니 좀 전에 끓어올랐던 죄책감은 순식간에 사라졌다."***
>
> **– 가쿠다 미쓰요, 《종이달》**

소설 《종이달》에는 리카를 중심으로 리카의 동창, 리카의 첫사랑 남자, 리카의 사회 친구 등 리카와 연결 고리가 있는 인물들의 서사가 교차한다. 돈에 휘둘리지 않기 위해 강박적으로 돈을 아끼는 인물도, 돈을 마구 쓰면서 죄책감을 느끼는 인물도 모두 돈에서 자유로울 수 없기는 마찬가지다. 소설 속 인물들은 자신은 리카와 다르다고 생각하면서도 리카에게서 동질감을 느낀다.

영화와 책을 번갈아 보며 생각했다. 나와 리카는, 우리와 리카는 얼마나 다를까. 한 가지 확실한 건 리카는 끝까지 가봤다는 것이다. 그게 어떤 방향이었든.

돈으로부터 자유로워질 수 있을까

영화에는 소설에는 없는 캐릭터 스미(고바야시 사토미)가 등장한다. 25년 차 은행원이자 모범과 성실 그 자체인 인물 스미는 리카의 부정을 밝혀내는 데 결정적인 역할을 한다.

리카가 코타와 처음으로 밤을 함께 보낸 다음 날 아침, 지하철 플랫폼에서 리카가 하늘에 뜬 하얀 달을 손으로 지우는 장면이 나온다. 리카는 그날을 회상하며 스미에게 말한다. 가짜니까 행복했다고.

"진짜같이 보여도 진짜가 아닌, 처음부터 모든 게 다 가짜. 가짜니까 망가져도, 망가뜨려도 상관없잖아요. 전혀 무섭지 않았어요. 그렇게 생각하니 왠지 몸이 가벼워진 것 같아서 '아, 난 자유롭구나' 하고.

그래서 진짜 하고 싶은 걸 한 거예요."

스미는 반문한다. 행복해서 횡령한 거냐고. 믿어준 사람을 배신하고 돈을 훔쳐서 마음대로 쓰는 게 당신의 자유냐고. 이어서 스미는 일갈한다.

"분명 돈은 가짜일 수 있죠. 종이에 불과하니까요. 그렇지만 그렇기 때문에 돈으로는 자유로워질 수 없어요."

소설에서는 코타와 리카가 처음 하룻밤을 보낸 다음 날을 묘사하며 '만능감'이라는 표현을 쓴다. '어디로든 가려고 생각한 곳으로 갈 수 있고, 어떻게든 하려고 생각한 것을 할 수 있'는, '자유라는 것을 처음으로 손에 넣은 듯한 기분'.

무해한 얼굴로 가장 가까운 남편에게도 자신의 감정을 드러내지 못했던 리카는 이 만능감을 잃어버리고 싶지 않다. 그래서 돈으로 만능감을 사기로 한다. 자본주의 사회에서는 돈만 있다면 자유로워질 수 있다고 다들 믿으니까. 리카는 고객 돈에 손을 대고 코타와 하룻밤을 보내기 전의 삶을 가짜라고 생각했는지도 모르겠다. 너무 지루하고 평범해서 망가져도, 망가뜨려도 상관없는 가짜.

자신을 제어하고 있던 고삐를 풀고 보통 사람은 상상도 할 수 없는 큰돈을 쓰며 리카는 자유로웠을까. 거액의 돈을 횡령해 금괴를 사서 숨기고 가족 명의로 몰래 부동산을 샀던 직원은 자유로웠을까.

오스템 임플란트 사건도 강동구청 사건도 전문가들은 그들이 처음부터 그렇게 큰돈을 횡령하려 했던 것은 아닐 거라고 말한다. 리카가 제일 처음, 그랬던 것처럼 말이다.

가짜와 진짜는 경계가 희미해진다. 빼돌린 돈으로 코타와 함께 호의호식하는 이 삶이 리카에게는 현실 같기도 하다. 가짜 현실을 빼앗기지 않으려 리카는 필사적이다.

대체 '팔자 좋은 여자'가 어딨단 말인가

영화 <십개월의 미래> 속

미래

20대 때 연애 한 번 제대로 못하고 밤새 공부해 좋은 직장을 얻은 순진한 남자는 20대 때 밤새 놀며 다른 남자에게 이미 순결을 뺏긴 문란한 여자와 결혼한다. 전업주부인 아내는 남자가 벌어다주는 돈으로 편히 살고, 남자는 아내에게 경제권을 빼앗긴 채 집안일의 대명사인 설거지까지 '퐁퐁'으로 해야 하는 신세에 놓인다.

20대 남성 커뮤니티에서 공감을 얻고 있다는 이른바 '설거지론'이다. 설거지라는 말에는 다른 남자가 공짜로 즐기다 버리고 간 더러운 여성을 설거지하는 신세가 됐다는 여성 혐오가 담겨 있다. 퐁퐁남은 말한다. "내가 지금까지 쌓아온 재산과 학벌, 지위, 남은 여생 전부를 바쳐서 얻은 여자는 가장 찬란하고 빛날 때 공짜였다!"고.

퐁퐁남 서사가 흥미로운 지점은 여성을 찌꺼기 취급하면서 사랑에는 진심이라는 거다. 자신은 아내를 사랑하고 아내의 사랑을 갈구하는데 아내는 자신을 돈 벌어다주는 기계 정도로 취급하니 분노할 수 밖에.

이 서사에 따르면 기혼 유자녀 여성이 결혼과 출산 이후 맞닥뜨리는 시월드, 산후우울증, 독박돌봄 등의 문제가 아주 명쾌하게 설명된다. 사랑 없이 조건만 보고 결혼했기 때문에 남편도 싫고 시댁도 싫고 애도 싫다는 것이다. 여기에 남성 집안 중심 결혼 문화, 가사와 육아의 불평등에 대한 고민은 없다. 아니, 고민할 필요가 없다. 여성은 남성의 독박벌이에 무임승차해 과실만 따먹고 있기 때문이다. 여성은 '책임 없는 쾌락'(남성의 경제력)을 누리고, 남성은 '쾌락(사랑) 없는 책임'만 진다. 퐁퐁남은 자신이 너무 불쌍하다.

취집, 맘충, 퐁퐁남

퐁퐁남 서사는 전형적인 '전업주부 혐오'와 맞닿아 있다. 잘나가는 남자한테 취집(취직 대신 시집)가서 팔자 고치려는 여자. 아이 어린이집에 맡겨 놓고 남편 돈으로 커피 마시고 브런치 먹으며 수다 떠는 무개념 '맘충'. 한마디로 '팔자 좋은 여자' 프레임이다.

나는 퐁퐁남 서사의 주 공격 대상인 30대 기혼 유자녀 여성이다. 삶의 궤적이 편협한 탓인지 모르겠으나 내 주변에 눈을 씻고 찾아봐도 남편이 벌어다주는 돈으로 편하게 놀고먹기 위한 목적으로 전업주부가 된 여성은 없다. 여성도 남성과 다를 것 없다 생각하며 열심히 공부하고 취직해 커리어를 이어가던 여성들은 결혼과 출산을 겪으며 수시로 경력을 중단해야 하는 위기에 놓인다.

퐁퐁남은 'M자 곡선'에 대해 들어봤을까. 20대 여성 고용률은 남성보다 높지만 30대 이후 임신, 출산, 육아를 겪으며 여성 고용률은 급격히 떨어진다. 장시간 노동을 하며 일과 육아를 병행하기 어려워서, 아직 어린아이를 믿고 맡길 곳이 없어서, 친정엄마나 시어머니에게 육아 도움을 받는 게 미안해서, 회사에서도 집에서도 죄인이 되는 것 같아서, 아이와 가족의 행복을 위해 자의 반 타의 반 일을 그만둔 여성이 훨씬 많다. 이렇게 일을 그만뒀다가 아이에게 손이 덜 가는 40~50대 때 다시 일을 구해보려 하지만 이전의 경력을 이어갈 수 없는 불안정한 일자리가 대부분이다. M자 곡선을 거치며 여성과 남성의 임금 격차는 더욱 벌어진다. 퐁퐁남 서사는 여성들이 일을 하고 싶어도 할 수 없는 현실을 외면한 채 여성이 일을 하지 않고 있는 현상에만 주목한다.

<사랑과 전쟁>과 현실

〈십개월의 미래〉는 임신과 출산이 여성의 삶을 어떻게 통째로 뒤흔드는지 잘 보여주는 영화다. 스타트업 개발자 미래(최성은)는 전혀 예상치 못했던 임신 사실을 알게 된다. 15개의 임신 테스트기에 두 줄이 선명한 것을 확인하고 찾은 산부인과. 이미 임신 10주 차다. 임신 중절을 할 수 있냐고 묻는 미래에게 산부인과 전문의는 임신 중절은 불법이라며 저출산 이야기를 꺼낸다. 그러자 미래는 분노하며 묻는다. 내 인생이 뒤집어지게 생겼는데 지금 저출산이 문제냐고. 이렇게 하면 저출산이 고출산되냐고.

배 속에 생명체 하나 생겼을 뿐인데 미래의 인생은 정말로 뒤집힌다. 청춘을 갈아 바친 회사는 임신 사실을 듣자 계약 해지를 통보하고, 이건 분명 운명이라며 결혼을 서두르던 남자 친구는 제 앞가림조차 힘들어 보인다. 아이는 분명 함께 만들었는데 임신으로 인한 물리적, 심리적 부담은 전적으로 여성의 몫이다.

일과 육아 모두 완벽히 해내는 슈퍼맘이 되지 못한 여성은 육아보다 일이 중요한 '독한 년'이 되거나, 남편 돈으로 애나 키우는 '팔자 좋은 년'이 된다. 여성의 삶을 납작하게 후려치는 여성 혐오 속에서 여성이 결혼과 출산으로 인해 겪어야 하는 숱한 고민과 어려움은 말끔히 거세된다. 다행인지 불행인지 통계청이 발표한 '2020년 사회 조사 결과'에 따르면 비혼 여성의 단 22.4%만이 '결혼을 해야 한다'고 생각하는 것으로 나타났다. 이제는 결혼과 출산을 하지 않겠다고 생각하는 여성이 훨씬 많아졌다.

퐁퐁남이 설거지할 때 여성은 아무것도 하지 않았을까? 돈 버는 유세로 자신이 먹은 밥그릇 설거지하는 것조차 대단한 일인 줄 아는 남

성이 자신은 물론이고 타인을 잘 돌볼 리 만무하다. 평생 공짜로 타인의 돌봄 노동을 무임금으로 착취하며 살아온 건 누구일까. 여성이 수행해온 가사, 육아 등 돌봄 노동을 당연한 것으로 알고 고마워할 줄도 모르는 남성을 과연 사랑할 수 있을까. 사랑은 상대방을 향한 존중과 신뢰 그리고 배려에서 생겨난다. 사랑할 만해야 사랑할 수 있다. 부디 사랑이라는 말을 함부로 입에 올리지 말자.

코로나19가 3년 가까이 지속되는 상황. 여성들은 고용 불안과 돌봄 노동으로 그 어느 때보다 힘겨운 삶을 살고 있다. 대체 팔자 좋은 여자가 어디 있단 말인가. 여성의 실제 삶을 반영하지 않은 헐거운 서사를 보면 어린 시절 엄마가 보던 드라마 〈사랑과 전쟁〉이 생각난다. "저런 사람이 세상에 어딨느냐"고 내가 물으면 엄마는 심오한 얼굴을 하며 답했다. "현실은 더하다"고.

단편적이고 자극적인 막장 드라마에 빠져 대부분의 사람이 살아가는 현실을 외면하지 말자. 퐁퐁남 서사 역시 부디 극히 일부의 생각이기를 바란다.

내 주변에 눈을 씻고 찾아봐도 남편이 벌어다주는 돈으로 편하게 놀고먹기 위한 목적으로 전업주부가 된 여성은 없다. 여성도 남성과 다를 것 없다 생각하며 열심히 공부하고 취직해 커리어를 이어가던 여성들은 결혼과 출산을 겪으며 수시로 경력을 중단해야 하는 위기에 놓인다.

‘애매한 나쁜 년’ 그만하겠습니다

영화 <미스 슬로운> 속

슬로운

'일 잘하는 나쁜 년'

워싱턴 정계 사람들에게 슬로운(제시카 차스테인)이 어떤 사람인지 묻는다면 아마 이런 대답이 돌아올 것이다. 이 말을 들은 슬로운은 씩 하고 만족스러운 표정을 지을 것이다. 그녀는 '좋은 년'이 되는 데 전혀 관심이 없기 때문이다. 슬로운의 목표는 일을 잘하는 것이다.

워싱턴 최고의 로비스트 슬로운에게 중요한 것은 오직 승리다. 그녀는 이기기 위해서라면 수단과 방법을 가리지 않고 뭐든 한다. 치밀한 전략 수립과 실행은 기본이고 비도덕적이거나 위법적인 행위도 서슴지 않는다. 함께 일하는 동료도 슬로운에게는 승리를 위한 도구일 뿐이다.

누구도 믿을 수 없는 로비판에서 슬로운은 판을 설계하고 뒤흔드는 사람이다. 같은 팀 팀원에게조차 그녀는 모든 패를 보여주지 않는다.

은밀하게 일을 꾸미고 모두를 깜짝 놀라게 한다. 그리고 승리를 거머쥔다. 동료들은 슬로운의 유능함과 지독함에 혀를 내두른다. "얼음이 사람이 되어 슬로운이 되었다"라는 말까지 있을 정도다.

영화 〈미스 슬로운〉 시작과 함께 나오는 내레이션은 슬로운이 어떻게 일하는 사람인지 잘 보여준다.

"로비의 핵심은 통찰력이에요. 상대의 움직임을 예측한 후 대책을 강구해야 하죠. 승자는 상대보다 한 발자국 앞서서 회심의 한 방을 상대보다 먼저 날려야 해요. 상대를 놀라게 만들되 상대에겐 놀라선 안 돼요."

사연 없는 여자

하루 열여섯 시간을 일하는 슬로운에게는 일이 곧 삶이다. 슬로운에게는 밥도 잠도 사치다. 매일 저녁 똑같은 식당에서 밥을 사 먹고 각성제를 달고 산다. 〈미스 슬로운〉에는 일하는 여성 서사에 흔히 따라다니는 징글징글한 가족도 가슴 설레게 하는 애인도 등장하지 않는다. 슬로운은 가족과 전혀 교류가 없으며 성적 욕구는 남자에게 돈을 지급하고 채운다.

슬로운은 왜 이토록 열심히 일하는 걸까? 출생의 비밀이나 어린 시절 결핍 따위의 숨겨진 사연은 나오지 않는다. 그저 로비스트 일을 잘할 수 있는 능력을 가졌고 그 능력을 활용해 일을 잘하고 있을 뿐이다.

그녀는 여성이 원톱인 영화에서 좀처럼 보기 어려운 역할, '사연 없는 여자'다.

승률 100퍼센트 로비스트 슬로운에게 한 가지 원칙이 있다. 자신의 신념에 어긋나는 로비는 하지 않는다는 것. 어느 날 슬로운이 몸담고 있는 대형 로비 회사에 워싱턴 거물 상원의원이자 총기 허용론자인 빌 샌포드가 찾아온다. 샌포드는 슬로운에게 총기 규제를 강화하는 내용의 '히튼-해리스법' 통과를 막아 달라고 의뢰한다. 평소 총기 규제를 찬성하는 입장이었던 슬로운은 갈등한다.

그때 '히튼-해리스법' 찬성 캠페인을 벌이고 있던 작은 로비 회사에서 슬로운에게 스카우트 제안을 해온다. 총기 규제법 통과를 위한 로비를 함께 벌이자는 것이다. 자본력이 곧 무기인 로비 전쟁에서 총기 규제 측은 총기 허용 측에 비해 턱없이 적은 예산을 갖고 있다. 그만큼 승리할 확률도 낮다는 뜻이다. 누가 봐도 지는 게임에서 슬로운은 '그 어느 때보다 크게 이기고 싶다'라는 마음으로 새 판을 짜보기로 한다.

새벽 3시, 슬로운은 회의를 소집해 팀원들을 모은다. 그리고 지금 당장 자신은 이 회사를 떠나 경쟁사로 갈 것이며 팀원들 자리도 모두 마련해 놓았으니 함께 갈 사람은 가자고 말한다. 이러이러한 사정으로 인해 회사를 떠나게 돼서 미안하다는 설명 같은 건 없다. 어차피 진심이 아니니까. 슬로운을 따라가는 팀원과 기존 회사에 남기로 결정한 팀원. 어제까지의 동지는 오늘부터 적이 된다.

총기 규제가 신념이라는 슬로운에게 사람들은 혹시 아는 사람이 총기 사고로 사망한 거냐고 거듭 묻는다. 그러자 슬로운은 되묻는다. 왜 그렇게 생각하느냐고. 개인적인 영향을 받아야만 의견에 힘이 실리게 되는 건 아니라고.

그럼에도 비극적 사연이 힘이 세다는 것을 똑똑한 슬로운이 모를 리 없다. 슬로운은 오랫동안 총기 규제 캠페인을 해온 팀원 에스미(구구 바샤로)가 고등학교 총기 학살 사건 생존자라는 사실을 알게 된다. 에스미의 의사와 무관하게 슬로운은 생방송 토론 현장에서 에스미의 과거를 폭로한다. 분장실에서 울고 있는 에스미에게 다가가 슬로운은 이렇게 말한다.

"흥분해서 나도 모르게 튀어나온 얘기라고 거짓말하진 않을게. 내 임무는 이기는 거고 난 어떤 수단이든 사용할 책임이 있어. 이 일로 얻게 될 언론의 관심을 이용하지 않는다면 직무유기나 다름없어. 프로의 세계에선 그래. 네 감정도, 인생도 중요하지만 내 책임은 아니야."

일터의 감정 노동

일을 하면 할수록 일 자체보다 어려운 건 사람들과의 관계였다. 업무 채팅창에서 '네'와 '넵'과 '넹' 사이에서 고민하는 것부터, 일하면서 겪는 모든 것이 감정 노동이었다. 일터에서 좋은 평판을 얻기 위해서는 일하는 티를 적절히 내면서도 적당히 겸손해야 했고, 팀원들에게

'수고했어요' '감사해요' 코멘트도 놓쳐선 안 됐다. 밝고 긍정적으로 보이기 위해 자주 웃어야 했고, 내 의견을 언제 어떻게 어디까지 이야기하고 동료의 반응에 어떻게 대응할지 잘 파악해야 '일 머리 있다'는 소리를 들을 수 있었다.

이러한 감정 노동은 여성들에게 더 많이 요구된다. 웃지 않는 여자 아이돌에게 따라다니는 인성 논란을 떠올려보라. 감정 노동을 안(못) 하는 남자는 과묵하고 숫기 없다는 소리를 듣지만, 감정 노동을 안(못) 하는 여자는 무뚝뚝하고 싸가지 없다는 비난을 받는다. 여성 리더십에는 꼭 '부드러운 리더십' '포용의 리더십'이라는 수식어가 따라붙는다. 여성들이 더 감정 노동을 잘하도록 태어난 것도 아닌데 일터에서도 가정에서도 더 많은 감정 노동을 담당하는 것은 여성이다.

일도 결국은 사람이 하는 일이니 관계에 신경을 써야겠지만 때때로 이 모든 노동이 지긋지긋했다. 그럴 때는 귀에 이어폰을 꽂고 아무 소리도 들리지 않는 척하거나 눈 딱 감고 하고 싶은 말을 내지르기도 했다. 그래놓고는 또 '너무 나대는 것 아닐까' '너무 싸가지 없어 보이는 것 아닐까' 눈치를 봤다. 이건 눈치를 보는 것도 아니고 안 보는 것도 아니고 '애매한 나쁜 년'이 된 것 같았다.

차스테인 언니의 충고 : 니가 애매한 나쁜 년이라 마음이 무거운 것이야. 더 나쁜 년이 되도록 하여라.

〈미스 슬로운〉을 보게 된 건 OTT 서비스 '왓챠' 사용자 한 줄 평 때문이었다. 슬로운은 일터에서 불필요한 감정 노동을 하지 않는다. 그녀는 상대방의 기분을 고려해 돌려 말하는 법이 없다. 웃지 않고 정확하게 메시지를 전달한다. 감정 노동에 드는 에너지를 아껴 진짜 일을 하는 데 쏟는다.

사실 일을 하다 보면 어디까지가 진짜 일이고, 어디까지가 감정 노동인지 헷갈릴 때가 많다. 그럴 때 나는 내가 쓸 수 있는 감정의 총량을 생각한다.

일터에서 나이스한 사람, 완벽한 사람이 되고 싶어 무리해서 감정을 쓴 날에는 집에 돌아와 남편과 아이에게 쓸 에너지, 나를 돌볼 에너지가 한 톨도 남아 있지 않았다. 가장 소중한 사람들을 나의 감정 쓰레기통으로 만들었다. 내가 쓸 수 있는 감정과 에너지는 정해져 있는데 너무 많이 당겨써버린 것이다.

나중에는 함께 일하는 사람들에게도 나이스하지 못한 사람이 되었다. 또다시 애매한 나쁜 년이 됐다. 그런 경험 때문일까. '더 나쁜 년' 슬로운이 미치도록 부러웠다.

언니라고 불러도 될까

슬로운은 그녀 자신도 인정하듯 윤리적 결함을 가진 인물이다. 결과를 위해 과정의 올바름을 고려하지 않고 동료를 배신한 슬로운은 나쁜 년이 맞다. 하지만 슬로운은 적어도 자신의 나쁜 짓을 변명하거나 좋은 사람처럼 보이려 노력하지 않는다. 나는 슬로운의 솔직함이 결과적으로 나쁜 짓을 해놓고 "나도 어쩔 수 없었어" "나도 괴로워"라고 말하는 이들의 자기 연민보다 훨씬 인간적으로 느껴졌다. 슬로운은 적어도 자신의 그릇을 알고 있다.

'유능함과 성취욕에 대해 변명하지 않는 여성 캐릭터'라는 김혜리 평론가의 평처럼 슬로운은 자신의 욕망을 변명하지 않는다. 통찰력 있게 판을 읽고 회유하고 협박하고 배신하고 선을 넘고… 슬로운의 모습을 보고 있자니 나까지 어깨가 쫙 펴지는 느낌이 들었다.

오로지 승리라는 욕망을 향해 두려움 없이 돌진하고 실력으로 모든 것을 제압해버리는 여성 캐릭터가 반갑고 멋졌다. 나는 살아보지 못했던, 앞으로도 살기 어려울 삶을 영화 속 주인공을 통해 대신 살아보는 경험이랄까. 만약 미스 슬로운이 미스터 슬로운이었어도 이토록 매력적이었을까. 글쎄. 일 잘하는 나쁜 남자는 지금까지 지겹게 봐오지 않았나.

생방송 이후 에스미는 총기 규제 캠페인의 얼굴이 되고 총기 규제 여론도 점차 높아진다. 슬로운은 여성층을 집중 공략해 놀랄 만한 액수의 로비 자금을 얻어낸다. 마음이 급해진 총기 규제 반대 세력, 그러니까 슬로운의 전 직장은 슬로운의 과거 로비 활동을 문제 삼아 의회 청문회를 열기로 한다. 슬로운을 흠집 내 총기 규제법에 타격을 입히려는 전략이다. 모든 언론의 관심이 슬로운에게 쏠린다.

대형 로비 회사의 사주를 받아 청문회를 개최한 상원의원은 로비스트 한 사람이 지나치게 큰 영향력을 갖고 있는 것도 걱정되지만 그 로비스트가 개인적 문제가 있다면 더 큰 문제라면서 슬로운의 일이 아닌 사생활을 들춰내 집중 공격한다. 청문회장에 앉아 있는 슬로운의 모습을 보며 이다혜 작가의 《출근길의 주문》의 한 구절이 떠올랐다.

> ***"여자들에게 유독 인성 논란을 비롯한 온갖 '일 바깥'의 논란이 생길까. 경험상으로는 일로 까내리기 어렵지만 까 내리고 싶을 때 쓰는 방법이다."***
>
> **– 이다혜, 《출근길의 주문》**

청문회장에서도 슬로운은 에두르지 않고 자신의 메시지를 정확히 전달한다. 그리고 누구도 예상 못 했던 회심의 한 방을 날린다. 결론만 말하자면 슬로운은 의회도, 전 직장도 시원하게 박살내버린다. 슬로운을 '언니'라고 불러도 될까.

사실 일을 하다 보면 어디까지가 진짜 일이고, 어디까지가 감정 노동인지 헷갈릴 때가 많다. 그럴 때 나는 내가 쓸 수 있는 감정의 총량을 생각한다. 일터에서 나이스한 사람, 완벽한 사람이 되고 싶어 무리해서 감정을 쓴 날에는 집에 돌아와 남편과 아이에게 쓸 에너지, 나를 돌볼 에너지가 한 톨도 남아 있지 않았다.

제가 진짜
미친년이죠

영화 <죽여주는 여자> 속

소영

〈죽여주는 여자〉는 늙는다는 것의 처연함을 잘 보여주는 영화다. 예순다섯 살 소영(윤여정)은 종로 탑골 공원 할아버지들을 대상으로 성매매를 하는 일명 '박카스 할머니'다. 탑골 공원 한편에 도도한 표정으로 서 있던 소영은 지나가는 노인들에게 넌지시 말한다.

"나랑 연애하고 갈래요? 잘해줄게. 안 비싸."

소영은 노인들 사이에서 '죽여주게 잘하는 여자'로 명성이 높다. 그래봤자 소영이 성매매 할 때 받는 돈은 고작 3만 원, 모텔비 포함이다. 이마저도 경찰 단속이 뜨거나 소영의 몸에 '하자'가 있으면 공치는 날이 많다.

영화에는 소영이 성매매를 하는 모습이 몇 차례 묘사된다. 낡은 모텔 붉은 조명 아래 촛불을 켜고 소영은 소주를, 남자는 박카스를 마신다. 늙은 여자 소영은 발기가 잘 되지 않는 늙은 남자의 성기를 손으로 만지고 오럴 섹스를 하기도 한다. 남자는 흥분하며 신음 소리를 내는데 소영의 얼굴에는 아무 감정이 없다. 이곳이 모텔이 아니라 공장이나 사무실이라 해도 믿을 법한 무미건조한 얼굴. 소영에게는 이 일이 '벌어먹고 살'기 위한 직업이다.

남들에게는 미국 유학 간 아들 뒷바라지를 위해 일을 하고 있다고 말하지만 사실 소영에게는 가족이 없다. 6·25 전쟁 때 태어난 소영은 남의 집 식모살이, 공장 일 등을 전전하다 동두천 미군부대에서 '양공주'로 일한다. 그곳에서 소영은 흑인 병사의 아이를 낳지만 홀로 아이를 키울 수 없어 돌도 안 된 아이를 입양 보냈다.

임질에 걸려 산부인과를 찾은 날, 소영은 우연히 코피노(한국 남성과 필리핀 여성 사이에서 태어난 아이) 민호를 만난다. 민호의 엄마인 필리핀 여자는 민호의 생물학적 아빠인 산부인과 의사를 가위로 찌른다. 민호 엄마는 경찰에 잡혀가고 소영은 말도 잘 안 통하는 민호를 집으로 데려와 먹여주고 재워준다. 성적 욕구만 채우고 양육은 나 몰라라 하는 무책임한 남자, 까무잡잡한 피부의 아이에게서 소영은 자신의 과거를 떠올렸을 것이다.

소영이 살고 있는 이태원 낡은 주택 위층에는 트랜스젠더 여성 티나, 옆집에는 한쪽 다리가 없는 장애인 도훈(윤계상)이 살고 있다. 무슨 생각으로 아이를 데리고 왔느냐는 도훈의 질문에 소영은 답한다.

"몰라. 나도 왜 그랬나. 그냥 그래얄 것 같아서."

"그냥 그래얄 것 같아서"라는 말은 소영의 캐릭터를 잘 보여준다. 남들은 소영을 '몸 파는 년'이라며 인간 이하 취급하지만 이 영화에서 소영은 누구보다 인간다움을 잃지 않고 살아가는 사람이다. 소영이 비유적 의미의 '죽여주는 여자'에서 진짜 '죽여주는 여자'가 되는 과정도 이 인간다움과 관련이 있다.

사는 게 창피해

소영을 시기하는 다른 박카스 할머니와 다투고 버스를 타고 가던 소영은 단골 고객이었던 재호(전무송)를 우연히 만난다. 소영의 고객은 길거리에서 흔히 볼 수 있는 평범한 할아버지들이다. 재호는 대중교통을 타고 꽃배달을 하는 중이다. 아내와 사별하고 혼자 사는 재호는 "나 이제 그 짓도 못 해. 더 이상 남자가 아닌 거지"라며 한동안 종로를 찾지 않았던 이유를 설명한다. 소영이 "오빠 말고도 안 보이는 분들 꽤 돼요"라고 하자 재호는 쓸쓸한 표정으로 말한다.

"모두들 번호표 타놓고 기다리는 인생들이니 안 보이면 병들었거나 죽었거나 하는 거지."

재호는 소영을 다정하게 '소영 씨'라고 불러주는 사람이다. 재호와 대화를 나누던 소영은 재호만큼이나 자신을 인간적으로 대해주는 고객이었던 세비로 송이 중풍에 걸려 요양병원에 누워 있다는 소식을 듣는다. 소영은 음료를 사들고 송 영감의 병원을 찾는다. 단정하게 맞춤 양복을 입고 다니던 송 영감은 이제 침대에만 누워 있는 신세가 됐다. 간병인의 도움을 받아 변을 처리하는 모습을 소영에게 보인 날, 송 영감은 울면서 소영에게 절규한다.

"사는 게 챙피해. 죽고 싶어. 뭐냐고 이게. 나 좀 도와줘."

어두운 밤, 병실을 찾은 소영은 송 영감의 입에 농약을 들이붓는다. 흐느끼는 소영을 본 노인은 "괜찮아"라고 말하며 더 크게 입을 벌린다. 소영은 차마 송 영감을 똑바로 쳐다보지 못한다. "어쩌자고 그랬어"라는 재호의 질문에 소영은 "그러게요. 제가 미친년이죠"라며 고개를 숙인다.

영화 초반, 민호를 데리고 왔을 때도 소영은 "내가 미쳤지"라는 말을 한 적 있다. 남들이 보기에는 미친 짓이자 범죄이지만 소영에게는 타인의 고통을 못 본 체할 수 없어서 저지른 일이다. 사람들은 소영의 진실을 알지 못한다. 아니 애초에 진실 같은 건 중요하지 않다. 박카스 할머니의 '진실된 얘기'를 듣고 싶다며 소영을 찾아온 다큐멘터리 감독에게 소영은 말한다.

"진실 좋아하네. 사람들 진실에 별 관심 없어. 다 지 듣고 싶은 얘기나 듣지."

아무도 진짜 속사정은 몰라

송 영감이 죽은 후 재호는 소영에게 한 가지 부탁을 한다. 치매에 걸려 혼자 살고 있는 자신의 친구를 죽여달라는 것. 의지할 데 하나 없고 앞으로 지가 누군지도 모를 텐데 저놈 처지가 너무 불쌍하다고. 소영은 처음에는 화를 냈다가 결국 재호와 그의 친구의 부탁을 들어준다. 급기야 재호는 혼자 남아 있는 자신의 신세가 처량하고 비참하다며 소영에게 죽을 때 옆에 있어 달라 부탁한다. 재호는 홀가분한 얼굴로 입에 수면제와 독극물을 털어 넣는다.

화가 났다. 평생 여성의 돌봄 노동에 기대어 살아온 남성들이 푼돈을 주고 성적 욕구를 채우는 것도 모자라 이제는 죽는 것도 혼자 못해서 죽여달라는 부탁까지 하다니. 어쩜 저리도 이기적일 수 있을까. 본인들은 죽으면 그만이지만 소영의 삶이 어떻게 될지는 아랑곳하지 않는 걸까.

나의 분노와 무관하게 소영의 얼굴은 죽음이 반복될수록 오히려 덤덤해진다. 앞서 소영은 재호에게 젖도 안 뗀 아이를 입양 보낸 이야기를 하면서 “제가 진짜 나쁜 년”이라고 “평생을 빌고 빌어도 용서받지 못할 거”라고 말한 적 있다. 자신은 지옥에 갈 거라고. 아이를 입양 보낸 순간부터 소영은 죽지 못해 사는 삶을 살아왔을 것이다. 죽을 수 있는 선택지조차 사치라고 생각했을 것이다.

죽지 못해 사는 삶, 죽고 싶어도 죽을 수 없는 삶을 누구보다 잘 아는 소영이기에 삶 대신 죽음을 택한 노인들을 이해할 수 있었을 것이다. 이 일만큼은 본인이 잘할 수 있다고 생각했을 것이다.

누군가는 소영을 '꽃뱀'이라 부르고, 누군가는 '돈 100만 원에 사람을 죽인 할머니'라고 부른다. 하지만 세상의 언어로는 소영의 선택을 설명할 수 없다. 아래 소영의 대사처럼 말이다.

"저 사람도 무슨 사연이 있겠지. 아무도 진짜 속사정은 모르는 거거든. 그냥 다들 거죽만 보고 대충 지껄이는 거지."

시할머니의 10만 원

영화를 보면서 지난해 세상을 떠난 시할머니 생각이 났다. 소영처럼 북한에서 피난 온 시할머니는 일찍 남편을 잃고 장사를 하며 홀로 삼 남매를 키웠다. 여든이 넘은 나이에도 원주에서 서울까지 혼자 대중교통을 타고 왔다 갔다 할 정도로 적극적이고 활발한 성격이었던 할머니는 지병이었던 심장병 때문에 건강이 급속도로 안 좋아졌다.

집 근처에서 걷기 운동을 꾸준히 하고 시부모님이 회사에 갔을 때 집안일을 챙기기도 했던 할머니는 나중에는 집 밖에 나가는 것조차 힘들어질 정도로 체력이 떨어졌다. 활동이 줄어드니 식욕이 떨어지면서 살도 많이 빠졌다. 할머니 옆에 있으면 가만히 있는데도 쌕쌕대는 숨소리가 들렸다.

시가에 갈 때마다 할머니는 작아져 있었다. 움직임도 거의 없었다.

나는 할머니가 마치 가구 같다고 생각했다. 혼자 힘으로는 움직이지 못하고 그냥 거기에 그대로 있는 가구.

할머니가 돌아가시기 전, 마지막으로 나들이를 간 적 있다. 더운 여름이었다. 계곡 옆 평상에 있는 식당에서 음식을 주문하는데 할머니가 오늘은 본인이 쏘겠다고 했다. 먹고 싶은 것 다 먹으라고. 돈 계산에 밝아 쌈짓돈을 쉽게 열지 않았던 할머니는 건강이 안 좋아질수록 가족들에게 자꾸 뭔가를 사주고 싶어 했다. 할머니는 모든 것을 다 내려놓은 사람 같았다.

식사를 마친 후 다른 가족들은 아이와 함께 계곡에서 물놀이를 하고 할머니는 그 모습을 흐뭇한 표정으로 바라보다 잠시 누워 잠을 청했다. 그날 할머니는 유난히 밖에 오래 있었다. 오후 4~5시쯤 됐을까. 시어머니가 집에 가서 밥하기 싫다면서 삼겹살도 시키면 안 되냐며 할머니를 쳐다봤다. 그러자 지금까지 나온 비용을 이미 셈으로 더해본 할머니는 10만 원 이상은 낼 수 없다고 단호하게 말했다. 할머니가 미리 생각하고 온 예산은 10만 원이었던 것이다. 그날 할머니는 정말로 10만 원만 딱 냈다.

할머니가 돌아가신 후 남편과 종종 그때 이야기를 한다. 할머니 정말 웃기지 않았냐고. 늙고 아프면 욕심이 사라진다는데 할머니는 끝까지 자신만의 고유함을 잃지 않았다. 할머니는 가구가 아니라 마지막까지 사람이었다.

이후 병세가 악화된 할머니는 요양병원에 들어간 지 한 달 만에 세상을 떠나셨다. 코로나19가 한창 심할 때라 한 달 동안 면회가 금지됐다. 40년 동안 할머니를 모셨던 시부모님은 할머니의 임종을 지켜보지 못했던 것을 두고두고 한스러워 했다. 할머니가 죽고 나서야 가족들은 할머니의 얼굴을 볼 수 있었다.

환하게 웃는 할머니의 영정 사진을 보며 10만 원 이상은 못 낸다고 버티던 귀여운 할머니 모습이 생각났다. 늙었다고 해서 병들었다고 해서 마음까지 사라지는 것은 아니다. 〈죽여주는 여자〉에 나오는 노인들은 인간다움을 잃지 않기 위해 죽음을 택한다. 가진 것도 잃을 것도 없는 소영은 그들을 위해 죽여주는 여자가 된다. 노인들이 '저 세상에서는 좀 편해지셨'기를 바라며.

소영 역할을 연기한 배우 윤여정은 이 모든 서사를 납득할 수밖에 없게 만든다. 50년 연기 경력의 윤여정에게도 성매매 할머니 역할은 쉽지 않은 도전이었을 것이다. 윤여정은 "이 나이에 잃을 게 없지 않나"라는 마음으로 배역을 택했다고 한다. "(이 영화를 통해) 모르고 죽었으면 좋았을 것들을 알게 됐고 그걸 연기해야 했다"는 윤여정은 "이 영화가 우리가 외면하지 말아야 할 문제를 들여다보는 시발점이 됐으면 좋겠다"고 말한다.

소영은 감옥에 들어가서야 평생 해오던 밥벌이를 그만둘 수 있게 된

다. 늙는다는 것은 무엇일까. 존엄하게 죽는다는 것은 무엇일까. 윤여정에게 큰 빚을 졌다.

화가 났다. 평생 여성의 돌봄 노동에 기대어 살아온 남성들이 푼돈을 주고 성적 욕구를 채우는 것도 모자라 이제는 죽는 것도 혼자 못 해서 죽여달라는 부탁까지 하다니. 어쩜 저리도 이기적일 수 있을까. 본인들은 죽으면 그만이지만 소영의 삶이 어떻게 될지는 아랑곳하지 않는 걸까.

3부

엄마라는 이름의 여자

'오은영 매직'이 우려스러운 이유

영화 <로마> 속

클레오

추억처럼 계속 떠오르는 영화가 있다. 직접 만난 사이도 아니고 직접 겪은 일도 아닌데 마치 내가 그 장면을 살아낸 듯한 착각을 하게 만드는 영화.

엄마 7년 차. 아이를 키우는 일은 내가 얼마나 인내심이 부족하고 이기적이고 불안과 공포가 많은지 깨닫는 일의 연속이다. '내가 과연 이 아이를 감당할 수 있을까' 뼛속 깊이 회의하게 될 때, 머릿속에는 자연스레 영화 〈로마〉가 상영된다. "나는 그 애를 원치 않았어요"라며 울부짖던 클레오를, 클레오 품에 엉겨 붙어 함께 울던 아이들을 생각한다.

영화 〈로마〉의 배경은 1970년대 멕시코 시티에 있는 중산층 동네 로마다. 클레오(얄리차 아파리시오)는 이 동네 백인 가정에서 일하는 입주 가정부다. 번듯한 2층 주택에 의사 아빠, 화학자 엄마, 할머니, 네 명의 아이, 두 명의 가정부까지. 겉으로 완벽해 보이는 가정은 아빠의 외도로 무너진다. 캐나다에 출장을 다녀온다던 아빠는 집으로 돌아오지 않는다.

집안 살림을 하며 네 명의 아이를 살뜰히 돌보던 클레오에게도 위기가 찾아온다. "네가 나를 바라봐줄 때 모든 게 명확해지는 것 같다"고 달콤하게 말하던 남자 친구 페르민은 클레오의 임신 소식을 듣자 영화관에 재킷을 남겨둔 채 사라져버린다.

혼자인 여자들의 연대

영화 〈로마〉 속 남자들은 무책임하고 비겁하다. 가족을 버리고 떠난 4남매의 아빠는 생활비도 보내지 않은 채 시내에서 애인과 해맑게 웃으며 아이처럼 뛰어다닌다. 임신 소식에 줄행랑을 쳤던 페르민은 뻔뻔한 얼굴로 본인은 이 아이와 아무 관련이 없다고 한다. 그는 요란하게 무술봉을 겨누며 클레오에게 말한다.

"너랑 네 배 속의 아이가 처맞고 싶지 않으면 다시는 그런 말 하지 말고 나 찾으러 오지도 마. 미친 하녀 같으니."

아이는 함께 만들었는데 아이를 책임지는 건 여자들이다. 클레오가 해고될지도 모른다는 두려움을 안고 주인집 사모님 소피아(마리나 데 타비라)에게 임신 사실을 말하자, 소피아는 클레오의 상황을 진심으로 안타까워하며 함께 병원에 가자고 한다.

산부인과 진료를 받으러 가는 길에 소피아는 남편이 남기고 간 고가의 차를 직접 운전한다. 영화 초반, 소피아의 남편이 능숙한 운전 솜씨로 커다란 차를 집 주차장에 아슬아슬하게 집어넣는 모습이 나온다. 애초 집 크기에 맞지도 않았던 화려한 차는 남편의 허영심을 보여준다. 운전이 서툰 소피아가 불안한 눈빛으로 차를 몰자 멋진 차는 여기저기 부딪치고 망가진다. 어느 날 술에 취한 채 집에 돌아와 주차장에 거칠게 차를 밀어 넣은 소피아는 클레오를 끌어안으며 말한다.

"우린 혼자야. 누가 뭐라고 해도 우리 여자들은 늘 혼자야."

소피아는 아픔을 추스르고 가장으로서 집안을 책임지려 한다. 클레오는 무거운 몸으로 소피아의 네 아이를 사랑으로 돌본다. 중산층 백인 여성과 원주민 출신 가난한 멕시코 가정부는 서로에게 기댄다.

생물학적 아버지는 아이를 버렸지만 소피아를 비롯한 주변 여성들은 클레오의 아이를 함께 챙긴다. 클레오와 비슷한 처지에서 일하는 가정부들은 임신한 클레오의 일을 조금이라도 덜어주려 노력한다. 4남매의 할머니는 곧 태어날 아이를 위해 클레오와 가구점을 찾는다.

아기 침대를 사러 가구점에 간 날, 클레오는 민주화 시위를 하는 대학생들에게 총을 겨누는 페르민과 우연히 마주친다. 갑자기 양수가 터져 차 안에서 진통하는 클레오를 위해 할머니는 기도를 해주고 병원까지 함께 가준다.

진료 접수를 위해 간호사가 이것저것 묻지만 할머니는 클레오의 이름 말고는 나이도 생년월일도 중간 이름도 알지 못한다. 그저 고용주와 고용인 관계일 뿐인데 할머니가 클레오와 아이를 위해 진심을 다할 수 있었던 건 그녀 역시 누군가의 엄마이기 때문이었을까? 여성으로, 엄마로 살아간다는 게 어떤 의미인지 아는 여성들은 취약한 서로를 향해 손을 내민다.

나는 그 애를 원치 않았어요

분만실로 가는 엘리베이터 안에서 클레오는 의사 가운을 입고 있는 소피아의 남편을 만난다. 한 집에 살았던 클레오가 위급한 상황에 처했는데도 그는 클레오의 손을 잠시 다정하게 잡아주고는 선약이 있다며 떠나버린다.

우여곡절 끝에 클레오가 분만을 하지만 아이는 이미 죽은 상태다. 태어나자마자 이별해야 하는 엄마와 딸. 배 위에 죽은 아이를 올려놓고 클레오는 말없이 울기만 한다.

클레오와 소피아 그리고 네 명의 아이들은 새로운 시작을 위해 바다로 여행을 떠난다. 소피아가 잠시 자리를 비운 사이 두 명의 아이가 파도에 휩싸인다. 머리까지 잠길 정도로 높고 거센 파도를 헤치며, 클레오는 아이들의 이름을 부르면서 휘청대며 걸어간다. 해변으로 나온 클레오의 품에 네 명의 아이가 안겨 울고 소피아는 클레오에게 고맙

다고 한다. 클레오는 울면서 이렇게 말한다.

"저는 원하지 않았어요. 그 애를 원치 않았어요. 전 아기가 태어나길 원치 않았어요. 가여운 아가…."

모든 것을 그저 담담히 받아들이기만 했던 클레오가 처음으로 솔직한 마음을 입 밖에 꺼낸 순간, 나도 클레오를 따라 울었다. 자신이 낳지 않은 아이들을 살리기 위해 몸을 던지면서 클레오는 직접 낳았지만 살리지 못했던 아이를 떠올렸을 것이다. 아이의 죽음이 본인 때문이라 자책했을 것이다. 아이에게 한없이 미안했을 것이다. 클레오는 자신이 할 수 있는 최선을 다했음에도.

"그 애를 원치 않았어요."

아이를 키우면서 클레오의 말을 자주 떠올렸다. 많은 엄마가 그렇듯, 나 역시 엄마가 되기 전에는 엄마로 산다는 것이 어떤 의미인지 전혀 몰랐다. 어떤 날은 엄마로 사는 게 세상 가장 행복한 일인 것 같았다가 어떤 날은 모든 게 너무 버거워 흔적도 없이 사라지고 싶었다.

그런 날이면 내가 이 아이를 정말로 원했던 게 맞을까, 나는 엄마가 될 자격이 없었던 것 아닐까 의심했다. 모성은 아이에 대한 무조건적인 사랑을 의미하는 게 아니라는 걸, 때로는 아이를 사랑하고 때로는 아이를 미워하는 양가적인 감정이라는 걸 깨닫는 데는 꽤 오랜 시간이 걸렸다. 완벽한 엄마란 존재하지 않으며 엄마도 그저 한 사람의 부족한 인간일 뿐이라는 걸 인정했을 때 엄마로 사는 일이 이전처럼 무겁지 않았다.

한 아이를 키우는 일

얼마 전 채널A 〈요즘 육아 금쪽같은 내 새끼〉라는 프로그램을 티브이에서 보다가 여덟 살 아이가 엄마에게 무차별적인 폭언과 폭력을 휘두르는 장면에서 충격을 금할 수 없었다. 아이의 행동이 놀라운 것은 둘째 치고, 이런 모습이 반복적으로 전파를 타고 있는 상황이 더욱 놀라웠다. 육아 솔루션이라는 미명 하에 아이의 인권은 전혀 보호받지 못하고 있었다.

방송에 대한 언론 보도와 댓글은 더욱 가관이었다. 아이의 말과 행동이 자극적으로 편집돼 확대 재생산됐고, 보통 사람들은 만나기도 어려운 전문가에게 육아 처방을 받았으면서 왜 엄마도 아이도 변화가 없는지 비난했다. 그들에게 아이의 잘못은 무조건 엄마 탓이었다. 엄마에게 변화하려는 의지 자체가 없다며 엄마의 태도를 문제 삼는 이들도 있었다.

나 역시 오은영 박사의 육아법에서 많은 도움을 받았다. 하지만 한두 번의 솔루션으로 단시간에 기적 같은 변화가 일어나는 일은 편집된 방송 속에서나 가능하다. 육아는 인풋이 있다고 바로 아웃풋이 나오는 일이 아니기 때문이다.

육아에서 양육자의 역할이 중요한 것은 분명하지만 절대적인 것은 아니다. 제 몸 하나 못 가누던 아이가 한 사람 몫의 역할을 하는 시민으로 성장하기 위해서는 양육자뿐 아니라 아이 스스로의 의지 그리고 아이를 둘러싼 어른들과 사회의 노력이 있어야 한다. 클레오가 소피아의 아이들을, 소피아가 클레오의 아이를 지켜주려 했던 것처럼 말이다. 극적으로 연출된 '오은영 매직'이 자칫 아이를 키우는 일을 오로지 양육자의 책임으로만 인식하게 만들까 우려스럽다.

다시 바닷가 장면, 울먹이는 클레오에게 소피아는 말한다.

"우린 널 사랑한단다, 클레오. 우리는 널 정말 사랑해."

영화를 보면서 모성애라는 단어를 인간에 대한 사랑과 책임감이라는 말로 바꿔도 좋겠다고 생각했다. 여성에게만, 엄마에게만 적용되지 않는 우리 모두에게 필요한 단어로.

나는 엄마가 될 자격이 없었던 것 아닐까 의심했다. 모성은 아이에 대한 무조건적인 사랑을 의미하는 게 아니라는 걸, 때로는 아이를 사랑하고 때로는 아이를 미워하는 양가적인 감정이라는 걸 깨닫는 데는 꽤 오랜 시간이 걸렸다. 완벽한 엄마란 존재하지 않으며 엄마도 그저 한 사람의 부족한 인간일 뿐이라는 걸 인정했을 때 엄마로 사는 일이 이전처럼 무겁지 않았다.

‘자격 없는 엄마’를 위한 변명

영화 <플로리다 프로젝트> 속

무니와 핼리

"왜 애들을 이렇게 풀어둔대? 3류 모텔이잖아."

디즈니 월드로 신혼여행 오는 게 꿈이었다는 브라질인 신부는 짜증 섞인 목소리로 신랑에게 소리친다. 신혼여행 첫날밤인데 이런 곳에서 못 잔다고. 디즈니 월드 매직 킹덤에 있는 호텔인 줄 알고 숙소를 잘못 예약한 신랑은 난감해한다. 그런 부부에게 팁이라도 받아볼까 한밤중에 주변을 서성대는 아이들. 무니(브루클린 프린스)는 신부의 얼굴을 보며 스쿠티에게 말한다.

"불쌍하다. 울 것 같아. 어른들이 울려고 하면 난 바로 알아."

이곳은 디즈니 월드 건너편에 있는 라벤더색 모텔 '매직 캐슬'. 마법의 성에 사는 사람들은 모텔에서 장기 투숙하는 홈리스들이다. 여섯 살 무니도 그들 중 한 명이다. 무니는 싱글맘 핼리(브리아 비나이트)와 매직 캐슬 232호에 살고 있다. 무니의 친구 스쿠티는 바로 아래층에서 싱글맘 애슐리와, 무니의 새로운 절친 잰시는 매직 캐슬 맞은편 모텔 '퓨처 랜드'에서 할머니와 살아간다.

"저런 엄마라도…" 처음 느껴보는 혼란

'세상에서 가장 행복한 장소'에서 고작 1마일(1.6km) 떨어진 곳. 엄마 아빠 손을 잡고 설레는 마음으로 디즈니 월드를 찾는 아이들과 달리 무니와 친구들에게는 모텔과 그 주변이 놀이터다. 새로 모텔에 들어온 차량에 침을 뱉고, 전기 차단기를 내려 모텔 전기를 나가게 만들고, 디즈니 월드 매표소 아래 떨어진 동전을 줍거나 관광객에게 구걸해 아이스크림을 사 먹고, 버려진 콘도에 들어가 "여긴 침대, 여긴 책장" 이런 상상을 하고. 이 모든 게 아이들에게는 놀이다.

무니는 아이답지 않다. 어른들에게 욕하고 소리 지르고 헬리콥터를 향해 가운뎃손가락을 번쩍 들어 올린다. 크게 소리치고 웃고 태연히 거짓말하고. 무니는 주눅 드는 법이 없다. 그 딸에 그 엄마. 무니의 엄마 핼리도 엄마답지 않다. 온몸에 문신과 피어싱을 하고 아이가 있는 방에서 담배와 마리화나를 피운다. 체포된 전과도 있다. 입만 열면 욕을 하고 누군가 자존심을 건드리면 유치한 보복이라도 해야 직성이 풀린다.

"이 거지같은 동네 쥐 잡듯이 뒤졌는데 아무도 안 써줘요."(핼리)

가족 대상 관광업이 발달한 동네에서 핼리가 일자리를 구하기란 쉽지 않다. 그런 핼리에게 정부는 주 30시간 이상 일자리를 찾아야 보조금을 줄 수 있다고 한다. 일정한 수입이 없는 핼리는 방세를 감당하는 게 버겁다. 무니를 데리고 다니며 관광객에게 향수를 팔아보고 구걸에 도둑질까지 해보지만 역부족이다. 절친 애슐리와 다툰 뒤로는 무니를 맡길 곳조차 없다. 결국 핼리가 선택하는 건 성매매. 무니가 욕실에서 커다란 힙합 음악을 틀어놓고 인형과 함께 목욕 놀이를 하는 동안 핼리는 방세를 번다. 핼리는 아동학대로 신고를 당한다.

영화를 보는 관객들은 핼리를 어떻게 봐야 할지 혼란스럽다. tvN 〈영화로운 덕후 생활〉에서 방송인 홍진경은 "영화를 보자마자 고민이 시작되었다"며 "저런 엄마라도 애가 엄마 옆에 있어야 하는 게 맞나, 아니면 분리시켜야 하나(고민됐다)"라고 말했다.

그는 "(극중에서) 아이를 가장 사랑하는 사람이 과연 엄마가 맞나 고민이 된다"며 "이 엄마는 아이를 사랑하기 위해 어떤 노력을 했나. 핸디캡(장애)이 있어서 일을 할 수 없는 상황도 아니고, 집에서 파자마 입고 뒹굴고 있다 가장 쉬운 방법으로 돈을 벌고, 사지 멀쩡한데…"라고 분노했다.

부모의 자격

나도 비슷한 고민을 했다. 모텔 마당에서는 차로 사람을 치는 싸움이 일어나고 소아성애자가 나타나기도 한다. 기본적인 교육도 보호도 없이 아이들은 방치된다. 심지어 아이들이 빈 집에 불을 내는 사고가 일어나기도 한다. 이런 상황에서 아이가 자라도 되는 걸까. 핼리를 찾아온 낯선 남자가 갑자기 화장실 문을 열었을 때 목욕 커튼 뒤에서 잔뜩 얼어버린 무니의 표정이 잊히지 않는다.

하지만 같은 방송에서 평론가 이동진이 말한 것처럼 핼리는 무니와, 무니는 핼리와 있을 때 가장 행복해 보인다. 다른 사람에게 한없이 사납고 거친 핼리는 무니에게만큼은 쉽게 화를 내지 않는다. 어른이라는 이유로 아이를 훈계하려 들지도 않는다.

션 베이커 감독의 말처럼 두 사람은 모녀라기보다는 자매 같다. 무니가 사고를 쳐도 핼리는 너무나 당당히 아이 편을 들고, 주변 시선 따위 신경 안 쓰고 패스트푸드 가게에서 아이와 트림 대결을 벌인다. 성매매를 위한 사진을 찍는 과정도 모녀에게는 '수영복 셀카 찍기' 놀이가 된다.

아동 보호국 직원들이 다시 찾아오기 전 핼리와 무니는 마지막을 예감한 듯 비를 흠뻑 맞으며 논다. 그 장면을 보니 더욱 혼란스러웠다. 우리 집 아이도 일곱 살인데, 나는 아이와 저렇게 순수한 얼굴로 놀아본 적 있나.

나는 핼리보다 책임감도 있고 철도 들었고 아이에게 장난감도 자주 사주고 홍콩에 있는 디즈니랜드도 다녀온 적 있지만 아이의 눈높이에서 무니처럼 아이와 진심으로 신나게 놀아본 적은 없다. 그제야 무니가 왜 엄마를 좋아하는지 알 것 같았다.

이 장면에서 알게 된 게 하나 더 있다. 아무리 센 척해 보지만 핼리도 아직 너무나 어리다는 것. 영화 초반, 친구 애슐리와 한껏 차려입고 밤마실을 나가 춤을 추는 핼리는 들떠 보인다. 한창 연애하고 놀고 싶을 나이. 어린 싱글맘 핼리는 그 어디에서도 경제적, 정서적 지원을 받지 못한다. 모텔 매니저 바비가 아버지 같은 역할을 해주기는 하지만 핼리와 무니의 삶을 구원해줄 수는 없다.

정부는 어떤가. 자립 능력이 없는 모녀를 방치했다가 엄마가 아이와 함께 살아가기 위한 최후의 선택을 하자 그제야 개입해 아이와 엄마를 떼어 놓으려 한다. 아동 보호국 직원을 보고 무니가 도망가자 핼리는 분노하며 소리친다.

"애가 도망치게 놔둬? 이러고도 내가 부모 자격이 없다고?"

디즈니 월드를 향해 달리는 아이들

어른들은 아이들에게 좋은 환경을 제공할 의무가 있다. 아이들은 좋은 환경에서 자라날 권리가 있다. 움직일 수 없는 진실이다. 홍진경의 분노가 아이를 향한 안타까움에서 비롯됐다는 걸 잘 안다. 그러나 그 분노가 핼리만을 향하는 건 부당하다.

어떤 빈곤은 개인의 힘만으로는 벗어나기 힘들다. 핼리가 아이를 방임 학대한 것은 맞지만 핼리 역시 사랑받고 사랑하는 법, 노력하는 법을 배우지 못한 채 어른이 되어버린 걸지도 모른다. 핼리와 무니에게는 훨씬 더 일찍 도움의 손길이 필요했다.

션 베이커 감독은 "빈곤의 악순환이 아이들에게 어떤 영향을 미치는지 잘 알고 있다"며 "제도가 바뀌지 않으면 희망적인 미래를 기대할 수 없다"고 말한다. 그래서 삶이 불평등하고 정의롭지 않다는 사실을 영화에 담으려 한다고.

영화에는 보석 같은 장면이 많다. 푸드 뱅크에서 받은 빵에 잼을 발라 먹으며, 무니는 잰시에게 한 나무를 가리키면서 말한다.

"내가 왜 이 나무를 제일 좋아하는지 알아? 쓰러졌는데도 계속 자라서."

영화 마지막, 무니는 처음으로 아이처럼 엉엉 소리 내어 운다. 잰시가 무니의 손을 잡고 디즈니 월드를 향해 힘차게 달릴 때 알 수 있었다. 쓰러진 나무라고 해서 자라지 못하는 건 아니라는 걸. 그해 여름, 누군가에게는 잠시도 머무르기 싫은 모텔촌에서도 아이들은 또 한 뼘 자랐다는 걸.

어떤 빈곤은 개인의 힘만으로는 벗어나기 힘들다. 헬리가 아이를 방임 학대한 것은 맞지만 헬리 역시 사랑받고 사랑하는 법, 노력하는 법을 배우지 못한 채 어른이 되어버린 걸지도 모른다. 헬리와 무니에게는 훨씬 더 일찍 도움의 손길이 필요했다.

죄 없는 자, 곽미향에게 돌을 던져라

드라마 <SKY 캐슬> 속

한서진

산후조리원에서 가장 충격적인 공간은 수유실이었다. 생전 처음 얼굴을 본 산모들이 좁은 공간에 모여 앉아 땀을 뻘뻘 흘리며 모유수유를 하던 곳. 출산과 동시에 갑자기 용도가 달라진 젖꼭지에서 피가 나고 딱지가 앉아도 수유실에 있는 여자들은 하나같이 모유수유에 열심이었다. 채 회복도 되지 않은 몸을 이끌고 한밤중에도 몇 시간에 한 번씩 수유실을 찾았다.

육아책에서는 모유가 자연분만과 함께 엄마가 아이에게 줄 수 있는 최고의 선물이라고 했다. 젖이 많이 나오는 산모, 아이가 젖을 잘 먹는 산모는 부러움의 눈길을 한눈에 받았고 그렇지 못한 산모는 아이에게 최고의 선물을 주지 못하는 스스로를 자책했다. '이렇게까지 해야 하나' 싶으면서도 나만, 내 아이만 뒤처질까 봐 나도 잠든 아이를 깨워 열심히 젖을 물렸다. '미래'를 위해 자리를 양보하라는 대중교통 임산부석 문구처럼, 나의 정체성은 아이라는 존재로 완벽히 대체되었다.

드라마 〈스카이 캐슬〉을 보면서 수유실 풍경이 생각났다. 대놓고 PPL인 어느 죽집에 엄마들이 모여 예서의 내신 만점을 축하한다. 하지만 그 자리에 정작 예서는 없다. 예서 엄마 한서진(염정아)만 있을 뿐이다. 축하 인사를 건네는 다른 엄마에게 한서진은 목에 힘을 주고 웃으며 말한다.

"앞으로 더 갈 길이 멀죠. 다들 호시탐탐 제 자리 노리시잖아요."

시험을 친 건 예서인데 한서진은 전교 1등을 자기 자리라 말한다. 전교 1등 엄마가 밥숟가락 뜰 때까지 다른 엄마들은 눈치 보며 기다린다. 아이의 성적은 곧 엄마의 서열, 나아가 가족의 서열이 된다.

이 기이한 풍경을 보며 책 한 권을 떠올렸다. 한국 사회의 연애·결혼·출산 문화를 사회구조적으로 들여다본 《결혼과 육아의 사회학》. 이 책은 한국 사회에서 아이를 낳은 이들이 어떻게 '이상한 부모'가 되어가는지 날카롭게 분석한다. 《결혼과 육아의 사회학》을 통해 들여다보았다. 〈SKY 캐슬〉의 사회학.

내 새끼의 성공이 곧 엄마의 성공

"결국, '나쁜 엄마'가 되지 않으려는 대부분의 엄마는 모성 가득한 사람이 되어 육아에 전투적으로 매진하게 되고, 그럴수록 자녀를 '소유물'로 인식해 자기 영역을 벗어나지 못하게 만든다. 한국의 부모들이

자녀에게 유달리 집착하는 건 모성의 힘을 강요하는 사회의 끔찍한 결과일 뿐이다." [1]

《결혼과 육아의 사회학》에서 사회학자 오찬호는 말한다. '단언컨대 모성은 한국 사회에서 가장 악질적으로 남용되는 단어'(p. 75)라고. 결혼한 여성은 아이를 위해 모든 것을 희생하고 헌신하는 '좋은 엄마'로 살아갈 것을 강요받는다. 그렇지 않으면 '나쁜 엄마'가 된다.

나는 사라지고 아이만 남은 삶. 자연스레 엄마는 아이를 소유물로 생각하고 집착하게 된다. 자신의 인생을 포기하고 아이를 위해 모든 것을 바쳤으니 보상 심리가 생길 수밖에. '내가 너를 어떻게 키웠는데'라는 클리셰는 덤. 정작 아이가 뭘 원하는지는 중요하지 않다. '다 널 위해서 하는 일'이니까.

한서진을 비롯한 엄마들은 자녀의 성공을 위해 물불 가리지 않는다. 영재 엄마 이명주는 자식이 서울 의대에 합격할 수만 있다면 엄마를 향한 복수심을 이용해도 좋다고 말한다. 한서진은 예서 공부에 방해될까 남편의 혼외자식인 혜나를 집으로 들이는가 하면 우주를 혜나 살인범으로 모는 데 동조한다.

한서진의 목적은 오직 하나. '예서 서울 의대 합격'. 그다음은 없다. 그녀는 예서의 성공을 통해 자기 존재를 증명하려 한다.

---

1 《결혼과 육아의 사회학》, p.86

"사람들 각자의 인생철학이 다를 터인데 어찌 '모두의 레이스'가 가능할까? 이유는 레이스에 참여하지 않을 권리가 부모에게, 특히 자녀 교육을 책임지는 여성들에게 없기 때문이다 …중략… 엄마라면 그렇게 해야 한다. 한국에서 이를 거부하다가는 '모성애조차 없는' 사람이 되기 때문에 별 수 없다. 그러니 하고 싶어서가 아니라, 하지 않으면 '엄마답지 못한 사람'이 되는 것이 두려워 이들은 경쟁에 뛰어든다." [2]

이수임(이태란)은 캐슬에서 유일하게 엄마가 아닌 작가라는 정체성을 먼저 내세우는 사람이다. 입시 경쟁에 뛰어들지 않는 이수임은 한서진으로부터 '지 뱃속으로 애도 안 낳아본 주제'라며 비난받는다. 모성이 있는 엄마라면 당연히 자식의 성공을 위해 헌신해야 하는데 이수임이 그러지 않는 것은 그가 친모가 아니기 때문이라는 논리다. 실제로 우주의 성적이 떨어지자 이수임은 혹 그것이 자기 탓이 아닐까 자책한다.

노승혜(윤세아)는 딸이 가짜 하버드생이라는 사실이 드러나자 자기 인생이 빈껍데기가 된 기분이라고 한다. 아이의 성적표가 곧 엄마의 성적표가 되는 사회. 이 미친 경쟁에서 완전히 자유로울 수 있는 엄마는 없다. 강준상(정준호)의 엄마는 할머니가 되어서도 손녀의 성적을 관리한다. 아빠들에게 자녀의 성적이 사회적 위치를 공고히 하는 수

2 위의 책, p.74~75

단이라면, 엄마들에게는 자신의 존재 그 자체다.

자식으로 인생 역전

"지금까지는 어딘가 손해 본 듯한 내 인생, 하지만 경기는 끝나지 않았다. "어떻게 아이를 그렇게 잘 길렀어요?"라는 부러움의 질문을 받는다면 지금까지의 상실감은 만회되고 나아가 숱한 우여곡절 끝에 내린 자신의 선택이 옳았음이 증명된다. 그렇게 9회 말 대역전극을 꿈꾸는 부모들, 이들은 철저히 '타인의 시선'에 구속된 육아에 자신을 헌신한다."[3]

모든 엄마들이 자녀 교육에 적극적으로 뛰어들지만 한서진은 특히 절박하다. 자신을 업신여기는 시가에서 며느리로 인정받기 위해 3대째 의사 가문이라는 타이틀을 반드시 사수해야만 한다.

예서의 서울 의대 합격은 그녀에게 신분 상승의 유일한 수단이다. 도축장 옆에서 선지 팔던 술주정뱅이 딸 '곽미향'에서 자식을 보란 듯이 성공시킨 '진짜 한서진'이 되는 마지막 관문.

자녀 교육 문제를 단순히 엄마들만의 욕심으로 치환하지 않는 것은 〈SKY 캐슬〉의 성취다. 캐슬에서 한서진만큼이나 자녀 교육에 집착하는 또 한 사람은 차민혁이다.

---

3 위의 책, p.23

2대째 의사 가문인 강준상, 육군 참모총장에 여당 국회의원까지 지낸 아버지를 둔 노승혜와 달리 한서진과 차민혁은 흙수저 출신이다. 두 사람은 불굴의 의지와 노력으로 상류층에 진입했지만 성골은 될 수 없다.

> ***"자본주의의 쓴맛을 아는 부모는 아이를 자본주의에 최적화된 사람으로 기르고 싶어 한다. 노골적으로 자녀의 성공을 바라는 게 모든 부모의 모습은 아니겠지만 실패하면 끝장이니 지푸라기라도 잡아야 한다는 상황 인식은 같다."***[4]

서울대 출신 로스쿨 교수인 차민혁은 여전히 출신 성분이 콤플렉스다. 한서진도 차민혁도 자식의 성공을 통해 콤플렉스를 극복하고자 한다. 차민혁은 친구를 짓밟고 피라미드 꼭대기까지 올라가라며 자본주의식 성공 논리를 자식들에게 내면화한다. 하지만 딸 세리의 일갈처럼 정작 차민혁도 피라미드 꼭대기까지 올라가지 못했다. 공부로 도달할 수 있는 사다리에는 분명 한계가 있기 때문이다.

그래서 행복해졌는가

자신을 비난하는 이수임에게 입시 코디 김주영(김서형)은 이렇게 항

4 위의 책, p.8

변한다.

"자식을 망가뜨리고 가족을 파괴하는 건 내가 아니라 그 부모들입니다. 나도 묻고 싶어요. 도대체 왜 그렇게 의대, 의대 하는지. 서울 의대에 합격하면 성공과 행복이 담보되는지."

김주영의 말처럼 서울 의대 간다고 해서 성공과 행복이 담보되지 않는다. 수단과 방법을 가리지 않는 김주영 덕분에 서울 의대에 합격했지만 결국 가정이 파탄 나고 만 영재네, 본과 1학년 때 자살을 택했다는 또 다른 아이.

학력고사 1등을 훈장처럼 생각하는 강준상의 삶도 행복과 거리가 멀다. 서울 의대만 가면 끝인 줄 알고 공부했지만 그 위에는 또 다른 피라미드가 세워져 있었다.

강준상은 서울대가 아닌 주남대 병원에서 일하는 것을 인생의 오점이라 여긴다. 그는 의사가 가져야 할 윤리의식은 개나 줘버린 채 경쟁에서 살아남기 위해 과잉진료를 일삼는다. 가까운 심복조차 그의 수술 실력을 믿지 못한다. 사랑 없는 결혼, 아빠를 증오하는 두 딸. 그는 과연 성공한 걸까.

"사람들은 '이렇게라도 하지 않으면 큰 일 나는' 현실을 직시하라고만 한다. 하지만 우리가 정말로 따져봐야 할 현실은 '그렇게 했는데 도대체 어떤 세상'이 등장했냐는 거다. 모두가 비싼 전화기를 손에 들고

있으니 행복한 사회인 것일까? 삶이 전투가 된 세상에서 우리는 전쟁이 없는 사회를 희망하지 않고 더 강력한 무기로 무장했다. 그 결과 모두가 피투성이가 되어 서로가 서로를 밀어내는 비열한 경쟁을 '요람에서 무덤까지' 하고 있지 않은가."[5]

그렇게 자녀 성공에 목매던 부모들은 행복해졌는가. 이러한 부모 밑에서 자란 아이들은 행복한가. 성적과 경쟁밖에 모르는 바보(예서)가 되거나, 공부 스트레스를 풀기 위해 도둑질을 하거나(예빈) 부모의 기대에 부응하기 위해 거짓말을 넘어선 사기극도 서슴지 않는다(세리). 오직 공부와 성공만 강요하는 부모 때문에 아이들은 병들어 간다.

하지만 '죽도록 노력해야 겨우 평범해지는 세상'(p.88)에서 다른 선택지를 찾기란 요원하다. 무한경쟁, 과잉교육 사회에서 자녀 문제에 쿨할 수 있는 부모는 많지 않다. 서울 의대에 가면 성공과 행복의 담보가 되냐고? 설령 그것이 빈껍데기일 뿐이라도 다른 성공과 행복의 방식을 우리는 알지 못한다. 바로 거기에 헬조선의 비극이 있다.

책에서 오찬호는 고백한다. 두 아이를 키우는 자신도 이러한 경쟁에서 전혀 자유로울 수 없다고. 자신도 다른 부모들과 그리 다르지 않다고. 그럼에도 그는 용기 내어 말한다. '현실을 '버틸' 아이를 기르는 것이 아니라 버티지 않고도 누구든지 행복하게 살아갈 수 있는 세상을

5 위의 책, p.282~283

만드는 것이 우리 모두의 몫'(p.283)이라고, 그것이 '사람의 육아'라고. 참 쉽지 않지만 새겨들어야 할 말이다.

나는 사라지고 아이만 남은 삶. 자연스레 엄마는 아이를 소유물로 생각하고 집착하게 된다. 자신의 인생을 포기하고 아이를 위해 모든 것을 바쳤으니 보상 심리가 생길 수밖에. '내가 너를 어떻게 키웠는데'라는 클리셰는 덤. 정작 아이가 뭘 원하는지는 중요하지 않다. '다 널 위해서 하는 일'이니까.

엄마가
숙자가 되는 순간

영화 <벌새> 속

은희와 숙자

"엄마, 어-엄마! 이것 좀 봐."

"엄마! 핸드폰 그만 보고 이것 좀 보라니까."

다섯 살이 되면서 아이는 감정이 부쩍 섬세해졌다. 말 한마디, 표정 하나에 민감하게 반응하며 관심과 애정을 갈구한다. 아이가 제일 싫어하는 건 엄마가 자기를 안 봐주는 거다. 같이 놀기로 한 엄마가 정신이 다른 데 팔려 있자 아이는 시무룩해져서 말한다.

"엄마, 나는 엄마 보는데 엄마는 왜 나 안 봐."

순간 마음이 쿵하고 내려앉았다. 지금 아이 모습이 꼭 어릴 적 내 모습 같아서.

"엄마! 어엄마!"

영화 〈벌새〉는 중학생 은희(박지후)가 엄마를 애타게 부르며 시작한다. 가게 운영하랴, 세 아이 키우랴. 엄마는 지쳐 보인다. 구멍 난 스타킹, 까칠해진 발 뒤꿈치, 어깨에 덕지덕지 붙은 파스. 김보라 감독은 몇 가지 디테일만으로 엄마의 삶을 상상하게 한다.

엄마는 바쁘다. 은희가 오빠에게 맞았을 때도, 친구의 배신에 상처받았을 때도, 귀 뒤쪽에 혹이 나 검사를 받아야 할 때도, 수술 뒤 병실에서 회복을 할 때도 엄마는 은희 옆에 있어 주지 못한다. 엄마의 고단함을 아는 은희는 엄마에게 말을 아낀다.

방앗간에 단체 주문이 들어온 날, 은희네 3남매는 새벽부터 부모님의 일을 돕는다. 일을 마치고 돌아와 은희는 벌겋게 달아오른 열 손가락을 들여다본다. 이 고되고 힘든 일을 부모님은 매일 반복하며 가정을 일궜다.

영화에는 유독 은희네 가족이 식탁에 둘러앉아 함께 밥을 먹는 장면이 자주 등장한다. 웃음도 대화도 없이 밥만 먹는 가족을 보며 문득 궁금했다. 엄마는 저 많은 음식을 언제 다 했을까. 그동안 얼마나 많은 밥상을 차리고 치웠을까.

마음은 콩밭

은희 엄마의 이름은 '숙자'(이승연). 딱 한번 이름이 나온다. 어느 날 밤, 외삼촌 그러니까 엄마의 오빠가 갑자기 집에 찾아온다.

"내 고등학교 학비 때문에 숙자가 공부를 못 마친 게 평생 한이야. 숙자가 머리가 참 좋았거든. 학교 갔으면 뭐라도 했을 텐데."

옆에 있던 엄마는 멋쩍게 웃는다. 그 후 숙자라는 이름은 다시 나오지 않는다.

영화에서는 은희가 엄마를 애타게 부르는 장면이 한 번 더 나온다. 엄마는 고개를 들어 어딘가 하염없이 바라보고 있다. 은희에게 한 번도 보여준 적 없는 행복한 얼굴을 한 채. 아무리 엄마를 불러도 엄마는 은희를 바라봐주지 않는다. 그 순간만큼 엄마는 누군가의 아내, 엄마가 아니라 숙자가 된 것 같다. 공부 열심히 하는 여대생이 돼서 무시도 안 당하고 영어 간판도 잘 읽고 싶었던 숙자가.

나도 은희처럼 엄마를 애타게 부르던 아이였다. 미싱 공장에서 부업을 했다가 가게 창업을 했다가 정수기 관리하는 특수고용 노동자가 됐다가, 엄마는 늘 뭔가를 하고 있었고 뭔가를 하고 싶어 했다. 지금의 나처럼 말이다.

초등학교 다닐 때 즈음, 엄마가 동네 사거리에 김밥집을 차린 적이 있다. 엄마가 싸준 김밥을 들고 엄마 대신 할머니와 함께 소풍을 가면서 속상했던 기억이 난다. 얼마 뒤 엄마는 가게를 접었고 한 번도 김밥을 싸주지 않았다. 시간이 한참 흐른 뒤 엄마에게 그때 왜 가게를 그만뒀는지 물어봤다.

"K(남동생) 다섯 살 때 유치원 보내고 나니까 날아갈 것 같더라고. 뭐라도 하고 싶었어. 근데 K가 유치원에서 크게 다친 거야. 그거 보고 바로 접었지. 그때는 그렇게 뭐가 하고 싶더라."

둘째를 유치원에 보내놓고 홀가분했을 엄마, 가게를 알아보며 설레었을 엄마, 아이가 다쳤다는 소식을 듣고 온 세상이 무너졌을 젊은 엄마를 떠올렸다. 엄마 삶에 일어난 폭풍을 나는 전혀 모르고 있었다. 궁금해하지도 않았다.

엄마는 자주 말했다. 엄마에게는 엄마 인생이 있는 거라고. 네가 할 일은 스스로 하라고. 엄마의 마음은 늘 다른 데 가 있는 것 같았다. 내가 하는 말에 영혼 없이 반응했고 대화는 뚝뚝 끊겼다. 좀처럼 만져지지 않는 엄마의 사랑을 나는 꽤 오래 의심했다.

아이를 낳아보니 알겠다. 아이에게는 미안한 말이지만 서른 넘은 어른에게는 아이와 노는 일이 그리 재밌지 않다. 무한반복 역할극을 하는 것도, 꼬리에 꼬리를 무는 질문에 성의껏 대답하는 것도, 사소한 행동 하나에 오버하며 폭풍 칭찬을 하는 것도 가끔 아니 자주 힘겹다.

아이에게 집중하며 아이와 눈높이를 맞춰야 한다는 걸 알지만 내 마음은 자꾸 콩밭을 맴돈다. 집은 엉망이고 저녁도 차려야 하고 빨래도 개야 하고 어린이집 일정도 챙겨야 하고 일에 대한 고민도 머릿속을 떠나지 않는다. 아이는 그걸 귀신같이 알아챈다. 어린 시절 나처럼.

감자전

은희 엄마가 은희를 온전히 바라봐주는 순간이 있다. 힘든 하루를 보내고 온 은희에게 엄마는 감자전을 해준다. 김보라 감독과 앨리슨 백델의 대담[6]에서 백델은 이 장면이 "영화에서 처음으로 엄마가 은희를 문자 그대로 '바라보는' 순간이었던 것 같다"고 말한다.

갓 구운 감자전을 후후 불어가며 입속에 집어넣는 은희를 보며 엄마는 무슨 생각을 했을까. 어느새 훌쩍 커버린 아이를 보며 깜짝 놀라지 않았을까. 이 예쁜 것을 두고 내가 뭘 하고 있는 걸까 가슴을 쓸어내리지 않았을까.

엄마가 은희를 바라봐주지 않는 동안 은희의 일상에는 전쟁이 일어난다. 알 수 없는 사람의 마음 때문에 울기도 하고 엄마만큼 좋은 사람을 만나 한없이 행복해지기도 한다. 어떤 날은 세상이 온통 반짝반짝 빛났다가 어떤 날은 미친년처럼 소리 지르고 싶어지기도 한다. 다행스러운 건 은희를 키우는 게 엄마만은 아니라는 사실이다. "누구라도 널 때리면 어떻게든 맞서 싸워"라고 말해주는 영지 선생님(김새벽)이 있고, "진단서가 필요하면 말하라"는 의사 선생님이 있다. 병실에 홀로 있는 은희를 챙겨주는 여자 어른들이 있다. 킥킥 대며 손글씨를 나눌 수 있는 단짝 친구가 있다. 크고 작은 재난 속에서 은희는 조금씩 자란다.

---

6 김보라 외, 《벌새》

"어떻게 사는 것이 맞을까. 어느 날 알 것 같다가도 정말 모르겠어. 다만 나쁜 일들이 닥치면서도 기쁜 일들이 함께한다는 것. 우리는 늘 누군가를 만나 무언가를 나눈다는 것. 세상은 참 신기하고 아름답다."

—'영지의 편지' 중

엄마, 하고 아무리 불러도 바라보지 않는 엄마가 야속하고 미운 아이의 마음을 안다. 엄마가 되어서도 나만의 세계로 도망가고 싶은 엄마의 마음도 안다. 어떻게 사는 것이 맞을까. 알 것 같다가도 정말 모르겠다.

엄마는 자주 말했다. 엄마에게는 엄마 인생이 있는 거라고. 네가 할 일은 스스로 하라고. 엄마의 마음은 늘 다른 데 가 있는 것 같았다. 내가 하는 말에 영혼 없이 반응했고 대화는 뚝뚝 끊겼다. 좀처럼 만져지지 않는 엄마의 사랑을 나는 꽤 오래 의심했다.

울면서 가출한 엄마,
바로 나였다

영화 <레이디 버드> 속

크리스틴과 매리언

"엄마 나빠! 엄마 싫어! 엄마 저리 가! 엄마 때릴 거야! 엄마 없어져 버려!"

두 돌이 지나자 아이는 갑자기 엄마 거부 증상을 보였다. 처음에는 "날날아, 엄마한테 왜 그래, 엄마 그럼 속상해" 하고 달래 봤다가 "날날아! 엄마한테 그러면 안 돼!" 화도 내봤다. 그럼 아이는 "엄마 미안해, 사랑해" 하며 안겼다가 언제 그랬냐는 듯 도끼눈을 뜨고 또다시 나를 밀어내기를 반복했다.

"보통 애들은 엄마만 찾는데 얘는 아빠~ 아빠~ 하고 울더라고요."

어린이집 선생님은 신기하다는 듯 말했다. 아이는 정말 아빠만 찾았다. "아빠가 없어서 기분이 안 좋아" "아빠가 보고 싶어" "아빠는 어딨어?" "아빠 언제 와?" 아이가 가장 많이 하는 말이었다.

처음에는 좋았지만 모진 말이 반복되자 마음이 아리고 쓰렸다. 세

살 아이가 사심 없이 하는 말인 걸 아는데도 진심으로 화가 나고 서운했다. 이유 없이 미움받는 서브 여주가 된 느낌이랄까. 아빠에게 찰싹 붙어 "엄마 가!" "엄마 나빠!"를 연발하는 아이가 얄미웠다.

내가 널 어떻게 키웠는데

하루는 아이가 갑자기 새벽에 일어나 집이 떠나가라 울었다. 달래보려 해도 아이는 아빠만 찾으며 나를 밀어냈다. 까무룩 겨우 잠이 든 아이는 아침에 일어나서도 엄마인 나를 완강히 거부했다. 엄마는 방에 들어가라고 문을 쾅 닫고 조그마한 손으로 나를 때렸다. 진심으로 아팠다.

"엄마도 너 싫어! 앞으로 어린이집에 안 데리러 갈 거야!"

서러웠다. '자식새끼 키워봐야 아무 소용없다더니 벌써 그걸 몸으로 보여주는 건가' 싶었다가, '내가 이 꼴을 당하려고 그 고생을 했나' 회의가 밀려왔다. 내가 널 어떻게 키웠는데. 눈물이 쏟아졌다.

결국 그날 아침 나는 집을 나갔다. 가출이었다. 너 좋아하는 아빠랑 행복하게 잘 살아라. 우는 아이를 뒤로 하고 뒤도 안 돌아보고 현관문을 쾅 닫았다. 가출은 오래 가지 못했다. 하원 시간에 아이를 데리러 가야 하는데 여전히 분이 풀리지 않았다. 웃음기 하나 없는 표정으로 아이를 데리고 집에 와서 영상을 틀어주고 안방 문을 닫고 들어가 침대에 누웠다. 주책맞게 또 눈물이 줄줄 흘렀다.

"날날이가 엄마 싫다고 그랬잖아. 엄마도 날날이 싫어. 네가 좋아하는 아빠랑 놀아."

아이는 내 품을 세차게 파고들면서 다급하게 외쳤다.

"아니야!!! 나 엄마 좋아! 아빠 싫어!"

서른여섯 짤이나 먹은 나는 내 나이의 반의 반도 안 되는 작은 아이에게 화를 내고 소리 지르고 협박을 일삼는다. 아이의 의미 없는 말 한마디 행동 하나에 진심으로 화가 나고 마음이 상한다. 나도 우아하고 쿨한 엄마가 되고 싶은데, 아이를 하나의 인격체로 인정하고 아름답고 평화롭게 육아하고 싶은데, 옹졸하고 못난 내 안의 괴물이 계속 튀어나온다.

그럴 때마다 엄마를 생각한다. 엄마도 나처럼 이랬을까.

애증의 모녀 관계를 잘 담아낸 영화 〈레이디 버드〉에서 학교에서 정학을 맞은 크리스틴(시얼샤 로넌)에게 엄마 매리언(로리 멧칼프)은 맹비난을 퍼붓는다. 그동안 크리스틴에게 서운했던 것, 불만이었던 것을 거침없이 쏟아낸다. 고개 푹 숙이고 저자세를 취하고 있던 크리스틴은 도저히 못 참겠다는 듯 반격한다.

"다 얼마야?"

종이와 펜을 꺼낸 크리스틴은 눈을 똑바로 뜨고 말한다.

"나 키우는 데 얼마 드는지 말하라고. 그럼 더 커서 돈 많이 벌면 그동안 빚진 거 갚고 인연 싹 끊어버릴 테니까."

그러자 매리언의 반격.

"넌 그만큼 돈 벌 직장 구하지도 못해."

이 장면에서 뜨끔했다. 이 장면, 나랑 우리 엄마가 싸우는 거 찍은 거 아닐까.

크리스틴과 매리언처럼 나와 엄마도 서로 생채기를 내는 관계였다. 일부러 엄마가 속상해할 말을 쏙쏙 골라서 해놓고는 엄마가 내게 상처를 주면 파르르 떨었다. 어떻게 엄마가 돼서 그럴 수 있냐고, 엄마는 엄마 자격이 없다고 비난했다. 엄마도 가만있지 않았다. 내가 이상한 게 아니라 네가 이상한 거라고, 너처럼 유별난 딸 키우는 게 얼마나 힘든 줄 아냐고 핏대를 세웠다.

그냥 예쁘다고 해주면 안 돼?

고향 새크라멘토를 떠나 꿈에 그리던 뉴욕에 있는 대학으로 가는 크리스틴. 크리스틴이 상의도 없이 뉴욕 대학에 원서를 넣었다는 사실을 안 매리언은 분노한다. 크리스틴이 홀로 집을 떠나는 그날까지도 매리언은 크리스틴과 말을 섞지 않는다.

크리스틴을 데려다주러 공항에 가는 길, 굳은 표정의 매리언은 역시

나 아무 말이 없다. 주차비가 비싸다며 공항에 함께 들어가지도 않겠다고 한다. 눈물을 흘리며 뒤늦게 공항으로 뛰어 들어가지만 이미 크리스틴은 떠난 후다.

뉴욕 기숙사 방에 도착한 크리스틴은 아빠가 챙겨준 엄마의 편지를 읽는다. 시작만 하고 끝은 맺지 못한 편지에는 엄마의 진심이 토막토막 담겨 있다. 편지를 전해준 아빠는 철자나 문법이 틀리면 딸이 흉볼까 봐 엄마가 끝내 편지를 못 보냈다는 이야기를 들려준다. 엄마에게는 비밀로 해달라고.

나이가 들면 저절로 현명하고 지혜로운 어른이 될 줄 알았다. '적어도 어른이 그러면 안 되지, 특히 엄마는 더 그러면 안 되잖아.'

나만의 높은 기준을 세워놓고 엄마를 평가했다. 엄마가 되자 내가 생각하는 이상적인 엄마가 되지 못할까 두려웠다. 내가 엄마에게 그랬던 것처럼 아이가 나를 평가하고 원망하게 될 것 같았다.

세 살 아이의 말 한마디에 울며 가출하던 날, 나는 내 그릇을 인정할 수밖에 없었다. 나이가 든다고 해서 절로 어른이 되지 않는다는 걸. 나는 이것밖에 안 되는 어른이라는 걸.

영화에는 크리스틴과 매리언이 함께 쇼핑을 하는 장면이 나온다. 옷이 안 맞다는 딸에게 그러게 파스타를 한 접시만 먹지 그랬냐고 쏘아붙이는 엄마. 딸이 핑크 드레스를 입고 나오며 마음에 든다고 하자 너무 핑크 아니냐고 떨떠름한 표정을 짓는 엄마. 크리스틴은 엄마에게 진심을 털어놓는다.

크리스틴 : 그냥 예쁘다고 해주면 안 돼? 난 그냥 엄마가 날 좋아해주면 좋겠어.

매리언 : 널 사랑하는 거 알잖아.

크리스틴 : 근데 좋아하냐고?

매리언 : 난 네가 언제나 가능한 최고의 모습이길 바라.

크리스틴 : 이게 내 최고의 모습이라면?

"이게 내 최고의 모습이라면?"이라고 말하는 크리스틴의 대사를 들으며 나는 울었다. 엄마에게 있는 그대로 사랑받고 싶은 마음을 너무 잘 알기에. 동시에 엄마의 마음도 이해할 수 있었다. 그냥 예쁘다고 말해주지 못하는 마음도, 철자가 틀릴까 봐 편지를 전해주지 못한 마음도, 입을 앙 다물고 공항에 들어가지 않은 그 마음도.

나이가 들면 저절로 현명하고 지혜로운 어른이 될 줄 알았다. '적어도 어른이 그러면 안 되지, 특히 엄마는 더 그러면 안 되잖아.'
나만의 높은 기준을 세워놓고 엄마를 평가했다. 엄마가 되자 내가 생각하는 이상적인 엄마가 되지 못할까 두려웠다. 내가 엄마에게 그랬던 것처럼 아이가 나를 평가하고 원망하게 될 것 같았다.

완벽한 할머니라는 환상

드라마 <렛다운> 속

오드리

부산역에 도착하니 비가 쏟아지고 있었다. 태풍이 온다더니 하필 오늘. 엄마는 부산역 주차장에 자리가 없어 주차를 못 했다며 아이에게 우산을 씌워줬다. 비는 더 세차게 내렸다. 비를 맞으며 5분 정도 걸어가 엄마 차에 캐리어를 실었다.

엄마는 마트에 가야 한다고 했다. 장을 못 봤다고. 비는 오고 기차에서 한숨도 안 잔 애는 졸리고 나도 피곤했다. 지금 마트에 꼭 가야 하냐는 말이 입가를 맴돌았다. 우리 오기 전에 장 안 보고 뭐 했냐는 말도. 마트에 가자 엄마는 제일 먼저 생선을 샀다. 이것저것 고르던 엄마는 아이와 나를 반찬 코너로 데리고 갔다. 반찬 세 팩에 만 원. 엄마는 아이가 어떤 반찬을 좋아하냐고 물으며 세 팩을 고르라고 했다.

마음이 팍 상했다. 시어머니 같았으면 아이가 오기 일주일 전부터 장을 보고 아이가 좋아할 음식과 반찬을 잔뜩 준비했을 텐데. 나는 괜히 뾰족해졌다. 점심을 못 먹어서 배가 고팠다. 집에 갔더니 엄마는 당장 밥이 없다며 햇반을 데운다. 2분 30초 데운 햇반과 7분 데운 삼계탕이 식탁에 올랐다. 부산에 남편과 함께 오지 않길 잘했다는 생각이 들었다.

언젠가 남편은 말했다. 장모님은 59년생이 갖기 어려운 쿨함을 장착하고 있다고. 자식에게 모든 걸 쏟아 붓거나 자식이 무조건 먼저인 전통적인 어머니 상은 우리 엄마와 거리가 멀었다.

우리 엄마는 왜 다를까

친정에 가기 전부터 마음이 마냥 편치는 않았다. 친정 부모님은 아이를 잘 못 본다. 아빠는 아이와 잘 놀아주지만 금세 체력이 방전되고 엄마는 애를 그저 보고만 있다.

나와 아이가 친정에 오면 엄마는 주로 집안일을 한다. 밥 차려주고 설거지하고 빨래하고 남는 시간에는 티브이를 보거나 스마트폰 하면서(엄마는 요즘 BTS에 빠져 있다) 아이가 노는 모습을 지켜본다. 언젠가 엄마는 말했다. 아이와 어떻게 놀아줘야 할지 잘 모르겠다고.

서울에는 남편이라도 있지, 부산에 오면 아이 보는 일은 전적으로 내 몫이 된다. 아이는 계속 엄마를 찾고 엄마가 없으면 불안해한다. 갑자기 환경이 바뀐 탓도 있으리라. 친정에만 다녀오면 몸살이 난다.

원주 시가는 이와 정반대다. 시부모님은 아이를 열과 성의를 다해 돌본다. 시어머니는 밤에 근육통 약을 삼키고 파스를 덕지덕지 붙이고 자는 한이 있더라도 아이와 최선을 다해 놀아준다. 시가에서 아이는 엄마 아빠를 전혀 찾지 않는다. 잠도 할머니 할아버지와 잔다.

부산에 간 첫날. 저녁 식사 준비하느라 할머니 할아버지가 안 놀아주자 아이는 심통이 났다.

"나 원주 할머니 할아버지 보러 지금 갈래!"

아이는 자신의 세계에 뛰어들어 놀아주는 사람을 좋아한다. 나 역시 그걸 잘하는 편은 아니다. 하지만 아이와 놀 의지조차 없어 보이는 엄마를 보면 답답하고 속상하다. 이럴 거면 왜 아이 보고 싶다고 부산까지 오라고 한 거야. 그러면서 어린 시절 종종 생각했던 그 질문을 다시 떠올린다.

'왜 우리 엄마는 다른 엄마들과 다른 걸까.'

엄마는 다른 엄마들과 달랐다. 초등학교 때였나. 바느질 숙제가 있었는데 똥손인 내게는 너무 어려운 과제였다. 엄마는 나와 달리 손재주가 좋아서 뭐든지 만드는 걸 잘했다. 엄마에게 숙제 좀 도와줄 수 없냐고 했더니 돌아온 말.

"니 숙젠데 왜 내가 하노."

중학교 때. 매번 맛있는 도시락 반찬을 싸오는 친구가 있었다. 엄마에게 그 이야기를 꺼내면서 나도 맛있는 반찬 먹고 싶다고 하자 돌아온 말.

"그럼 가껴 먹으면 되겠네."

하지만 내게는 외할머니가 있었다. 나를 징글징글하게 사랑해준 사람. 내 얼굴만 봐도 할머니 얼굴에는 웃음이 번졌고, 헤어질 때는 세상에서 가장 아쉬운 얼굴이 됐다. 더 먹으라고, 하룻밤만 더 자고 가라고 언제 또 오냐고, 엄마의 쿨함과 대비되는 할머니의 질척거림을 나는 사랑했다. 고등학교 때까지 나는 진지하게 엄마가 내 친엄마가 아닐 수도 있다고 생각했다. 농담 아니고 진짜로. 한동안 나는 엄마를 '아줌마'라고 불렀다. 그게 엄마에게 상처가 될 걸 알면서. 나는 모성 신화의 가해자였다.

보통의 엄마와 달랐던 엄마는 보통의 할머니와 다른 할머니가 됐다. 부산 할머니보다 원주 할머니를 좋아하는 아이를 볼 때면 복잡한 감정이 든다. 내 아이는 나의 외할머니 같은 외할머니를 가질 수 없을 거라 생각하니 슬퍼진다. 엄마가 애를 적극적으로 보지 않으니 나는 엄마를 달달 볶는다.

"날날아 '할머니'한테 해달라고 해."

"날날아 '할머니'한테 놀아달라고 해."

"티브이 너무 많이 보는 거 아니야? 몇 시간째야."

"시부모님은 애를 얼마나 잘 보는 줄 몰라. 애가 잠도 시부모님이랑 잔다니까. 부산만 오면 너무 힘들어."

내가 원하는 좋은 엄마

엄마를 아줌마라고 부르던 10대처럼, 30대가 된 딸은 엄마에게 상처가 될 만한 말을 잘도 골라서 한다. 그렇게 부산에 온 지 나흘째 되던 날, 원동에 있는 외할머니 집에 놀러 갔다. 할머니 집에서 차를 타고 나와 예쁜 카페에 갔는데 엄마가 의외의 이야기를 한다. 추석 때까지만 하고 지금 하는 일을 관둘까 싶다고.

내가 고등학생 때부터 20년 가까이 해온 일이었다. 그렇게 번 돈으로 엄마는 가족의 생계를 유지했고 나를 서울에 있는 대학에 보냈고 최근까지도 캐나다에 있는 남동생 학비를 댔다.

엄마는 이제 나이도 너무 많고 영업하는 게 쉽지 않다고 했다. 좀 쉬고 싶다고. 그렇다고 아예 쉴 수 없으니 다른 자격증이라도 따볼까 싶다고. 그 말을 하는 엄마의 얼굴이 쓸쓸해 보였다. 팔순 넘은 할머니는 새벽부터 밭일하느라 지쳤는지 의자에 앉아 까무룩 잠이 들었다.

엄마도 벌써 환갑이었다. 아픈 곳 많고 체력도 많이 떨어진 할머니가 됐다. 대체 나는 엄마에게 뭘 더 바라고 있는 걸까.

세상이 요구하는 모성이 버거웠다. 모성에는 수백, 수천 가지 모습이 있을 수 있으며, 엄마도 감정을 가진 인간일 뿐이라는 것. 나를 지키고 싶은 엄마를 위한 웹진 〈마더티브〉를 창간한 후 가장 많이 전했던 메시지였다. 그러면서 나는 계속 엄마에게 '좋은 엄마' '좋은 할머니' 되기를 요구했다. '엄마는 그러면 안 되지' 엄마를 계속 판단하고 비난했다.

내가 원하는 부모의 상은 여전히 정상 가족 이데올로기와 모성신화를 벗어나지 못한다. 이율배반적이고 이기적이라는 걸 알고 있다. 그런데도 나는 계속 엄마에게 서운함을 느낀다.

드라마 〈렛다운〉에는 우리 엄마는 저리 가라 할 쿨녀 친정엄마가 나온다. 주인공 오드리(앨리슨 벨)는 결혼이 여성을 재산 취급하는 제도라며 결혼을 거부했을 정도로 페미니스트이지만 좋은 엄마 콤플렉스에서 자유롭지 못하다.

오드리는 자연분만을 고집하다 죽을 뻔한 경험을 하는가 하면, 출산 후에도 계속해서 다른 엄마와 자신을 비교한다. 내가 나쁜 엄마는 아닐까, 나 때문에 아이가 잘못되는 건 아닐까 불안해한다. 자신의 일과 이름을 찾고 싶어 하면서도 동시에 죄책감을 느낀다.

친정엄마 베러티는 오드리와 가까이 살면서도 육아에 거의 도움을 주지 않는다. 베러티는 자신의 인생과 딸의 인생은 별개라고 생각한다. 친구 생일 파티에 가기 위해 하루만 아이를 봐달라는 오드리에게 베러티는 데이트 때문에 어렵다고 잘라 말한다. 오드리는 그런 엄마가 야속하다. 엄마가 자신과 아이를 정말 사랑하는 걸까 의심스럽다.

오드리가 남편 제러미에게 아이를 맡기고 베러티와 함께 외할머니 집에 간 날, 오드리는 무심한 엄마에게 결국 폭발해버린다.

오드리 : 엄만 제가 아이를 낳은 게 마음에 안 드는 것 같아요. 별로 관심도 없잖아요. 절 가르쳐줄 수도 있잖아요.

베러티 : 배워서 엄마가 되는 게 아니야. 직접 부딪혀야지. 아무것도 못 하는 것처럼 굴지 마라.

장면이 바뀌고 오드리는 외할머니 집 마구간에 있는 말에게 진심을 털어놓는다.

"난 후회해. 가끔 아빠가 엄마 대신 살아계셨으면 했던 것 말이야. 또 후회되는 건 엄마의 성격이 좀 달랐으면 하고 바랐던 거야. 내가 철없고 이기적인 것도 너무 싫어. 난 만족할 줄도 모르지. 엄마를 함부로 판단한 것도 미안해. 내가 꼭 엄마 같네."

오드리의 말이 꼭 내 마음속 이야기 같았다. 엄마에게도 자기 인생이 있다고 말하는 엄마를 꽤 오래 비정상적이라 생각했다. 엄마가 나를 사랑하지 않는 것 같았다. 내가 엄마가 되자 엄마에게 서운한 게 더 많아졌다. 나의 육아에 도움을 못 주는 엄마가 원망스러웠다.

이제는 안다. 엄마도 엄마로 살면서 많은 걸 희생하고 포기했으리라는 걸. 엄마로 산다는 건 필연적으로 많은 걸 잃어야 하는 일이라는 걸. 어쩌면 지금도 엄마는 엄마의 최선을 다하고 있다는 걸.

이제는 안다. 엄마도 엄마로 살면서 많은 걸 희생하고 포기했으리라는 걸. 엄마로 산다는 건 필연적으로 많은 걸 잃어야 하는 일이라는 걸. 어쩌면 지금도 엄마는 엄마의 최선을 다하고 있다는 걸.

그 여름, 살벌했던 엄마의 얼굴

영화 <걸어도 걸어도> 속

도시코

"오늘만 무사히 넘기면 돼. 당분간 안 볼 거니까."

30도를 웃도는 무더운 여름, 료타(아베 히로시)는 고향집에 가는 길이다. 형의 제사에 참석하기 위해서다. 오랜만에 본가에 가는 료타의 얼굴은 그리 밝지 않다. 집에 도착하기도 전부터 빨리 돌아올 궁리를 한다. 고향집에서 음식을 준비하는 어머니 도시코(키키 키린)의 모습이 교차되자 그 이유를 짐작할 수 있다.

료타에게 고향집은 보통의 세계다. 보통의 기준은 의사인 형 준페이다. 형은 10여 년 전 바다에 빠진 소년을 구하다 죽었다. 고레에다 히로카즈 감독의 영화 대부분이 그렇듯 형은 죽어도 사라지지 않고 일상 곳곳에 살아 있다. 가족들은 죽은 장남과 료타를 비교하고 료타 스스로도 자격지심을 느낀다. 하얀 가운을 입고 영정 사진 속에서 웃고 있는 형은 아무 말이 없다.

동네 의원을 운영하는 아버지처럼 한때 의사가 되고 싶었던 료타는 유화 복원하는 일을 한다. '그림의 의사'라 평가받는 직업이지만 현재는 실직 상태다. 아내 유카리는 전 남편과 사별 후 아들 아츠시를 데리고 료타와 재혼했다. 애 딸린 과부와 결혼한 아들을 바라보는 부모님의 시선은 그리 탐탁지 않다. 료타를 기다리던 도시코는 딸에게 이렇게 말한다.

"고르다 고른 게 하필이면 중고라니. 사별은 죽은 남편과 비교당해서 힘들어. 차라리 이혼이 낫지."

말투는 표독스럽지 않지만 묘하게 뼈가 들어 있다. 그러자 딸의 한마디.

"아무렇지도 않게 무서운 소리 하시네."

잘 알고 있다는 착각

영화 〈걸어도 걸어도〉의 도시코는 겉으로는 그저 평범한 할머니처럼 보인다. 냉장고를 가득 채워야 안심이 되는 어머니는 쉴 틈 없이 음식을 만들고 집안을 쓸고 닦으며 온 가족을 챙긴다. 그러다 툭, 농담처럼 아무렇지도 않게 무서운 소리를 한다.

고레에다 히로카즈 감독은 어머니의 죽음 이후 '어머니 이야기를 찍어두지 않으면 앞으로 나아갈 수 없겠다는 기분'[7]으로 이 영화의 시나리오를 썼다고 한다. '어머니가 죽음을 향해가는 과정이 아니라, 삶의

7 고레에다 히로카즈, 《영화를 찍으며 생각한 것》

한순간을 잘라내' '우는 것이 아니라 가능하다면(영화를 보면서) 웃'을 수 있는 영화를 만들고 싶었다고[8]. 집필 단계부터 어머니 역할로는 키키 키린을 염두에 뒀다고 한다. 키키 키린은 일본의 국민 어머니 배우라 불린다.

두 사람은 2008년 이 영화를 시작으로 2018년 칸 영화제 황금종려상 수상작 〈어느 가족〉까지 10년간 총 여섯 편의 작품을 함께 찍었다. 키키 키린의 추도사에서 고레에다는 어머니를 두 번 잃은 것 같다고 썼다. 고레에다 감독은 자신의 어머니가 상냥하거나 좋은 사람은 아니었다고 고백한다. 독설가였고 '욕지거리를 아주 재미있게 하는 독특한 사람'이자 '속된 면이 있는, 어떤 의미로는 '세속' 그 자체인 분'이었다고 회상한다.

고향집은 세속의 세계이기도 하다. 가족들은 료타에게 먹고살 만하냐고, 그림 한 장 복원해서 얼마를 버냐고 대놓고 묻는다. 료타는 실직 사실을 숨긴 채 잘 나가는 척 허세를 부린다.

도시코는 매년 아들의 기일에 준페이가 목숨을 구해준 소년 요시오를 초대한다. 취업도 못한 채 아르바이트를 전전하는 요시오의 미래는 암울해 보인다. 도시코는 그런 요시오에게 내년에도 얼굴을 보여달라고, 기다리겠다고 사람 좋은 얼굴로 웃으며 말한다. 요시오가 다녀

---

8 고레에다 히로카즈, 《걷는 듯 천천히》

간 후, 아버지는 혀를 끌끌 차며 탄식한다.

"저런 하찮은 놈 때문에 하필 우리 애가! 쓸모없이 덩치만 큰 놈!"

그러자 료타는 아버지에게 소리친다. 제발 사람 인생 비교하지 말라고. 나름대로 열심히 살지만 마음대로 안 될 때도 있을 거라고. 의사가 그렇게 대단하냐고. 요시오를 대변하는 것 같지만 사실 본인이 아버지에게 하고 싶은 말이다.

정작 세속의 세계를 자꾸만 의식하는 건 료타 자신이다. 보통과 세속의 세계에서 자유롭고 싶지만 그렇다고 지금 속해 있는 세계에 충분히 만족하지도 당당하지도 못한 료타의 모습이 남 일 같지 않았다. 부모님 앞에만 서면 자꾸만 어깨에 힘이 잔뜩 들어가 날선 말을 하는 모습도. 료타는 자신이 이런 어른이 될 줄 알았을까.

영화 후반부, 도시코가 마음속에 품어왔던 비밀이 하나둘 드러난다. 형의 기일에 요시오를 그만 불러도 되지 않느냐는 료타의 말에 도시코는 되묻는다. 왜 그래야 하냐고.

료타 : 왠지 불쌍해서요. 우리 보는 거 괴로워하는 것 같고.

도시코 : 그래서 부르는 거야. 겨우 10년 정도로 잊으면 곤란해. 그 아이 때문에 준페이가 죽었으니까.

내년에도, 내후년에도 요시오를 꼭 오게 만들 거라는 어머니의 옆 모습이 화면을 가득 채운다. 화가 난 것 같기도 하고 슬픈 것 같기도 하다. 아이처럼 장난스러운 얼굴을 하며 스모 선수 흉내를 내고 농담 섞인 독설을 던지던 어머니는 어디로 갔을까. 도시코의 얼굴이 낯설다. 그러면서도 도시코의 손은 계속 뜨개질을 하고 있다. 곧이어 아버지가 목욕을 마친 듯한 소리가 난다. 도시코는 료타가 목욕을 할 수 있도록 챙기며 며느리의 이름을 부른다. 도시코의 몸은 다시 분주해진다.

이 장면에서 뜨개질을 하기로 한 건 키키 키린의 제안이었다고 한다. '그런 살벌한 대사를 칠 때는 뭔가를 좀 하면서 말하고 싶'었다고. 고레에다 감독은 '가장 무거운 대사를 한 뒤에 홀짝 일상으로 돌아와 엄마의 동작과 감정이 두둥실 움직이기 시작'한다면서 '일상에서 붕 뜨는 방식과 다시 돌아오는 방식이 실로 훌륭'했다고 키키 키린의 연기를 평가했다.[9]

처음 이 장면을 봤을 때는 나도 료타처럼 어머니가 너무하다고 생각했다. 조금 무섭기도 했다. 여러 번 영화를 다시 보면서 이 장면이 '가족이란 무엇인가'에 대한 훌륭한 답이 될 수 있겠다는 생각이 들었다.

---

9 고레에다 히로카즈, 《키키 키린의 말》

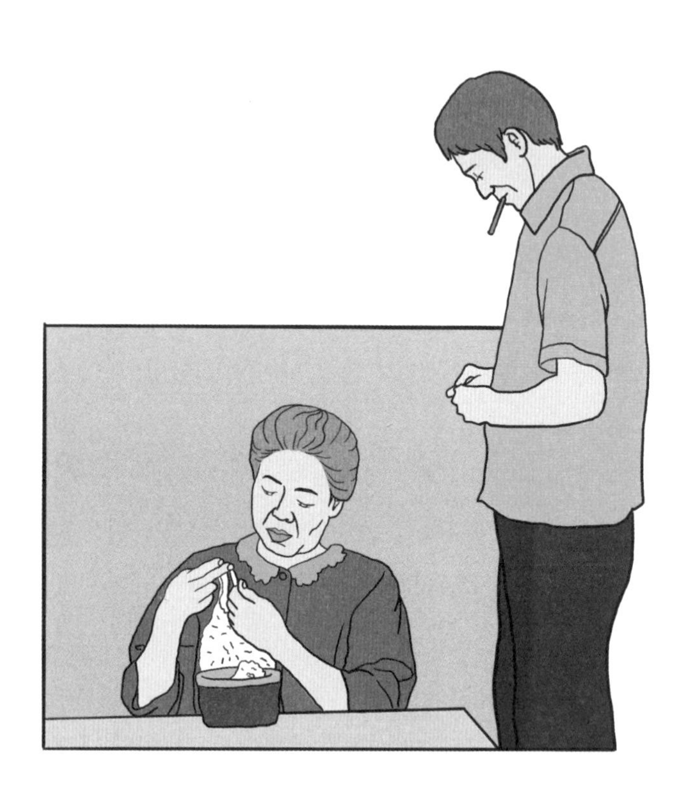

"가족이니까 서로 이해할 수 있다거나 가족이니까 무엇이든 말할 수 있는 게 아니라, 이를테면 '가족이니까 들키기 싫다'거나 '가족이니까 모른다' 같은 경우가 실제 생활에서는 압도적으로 많다고 생각합니다… 중략 …한마디로 말해 '둘도 없이 소중하지만 성가시다'. 홈드라마는 이러한 양면을 그리는 것이 매우 중요합니다."

—고레에다 히로카즈, 《영화를 찍으며 생각한 것》

가족의 비극은 서로를 잘 알고 있다고 착각하는 데서 시작한다. 부모는 자식을, 자식은 부모를 잘 안다고 생각하면서 마음대로 평가하고 기대한다. 하지만 자식의 세계는 부모의 생각만큼 그리 단순하지도 간단하지도 않다. 반대의 경우도 마찬가지다. 그 여름밤, 료타가 어머니라는 낯선 세계를 10년 만에 처음으로 마주한 것처럼 말이다.

설사 가족이라도, 어쩌면 가족이라서

내게도 낯선 엄마를 마주한 순간이 있었다. 뜨거운 여름, 시골에 있는 외할머니를 모시고 돼지갈비를 먹던 날이었다. 아이와 친정엄마도 함께였다. 할머니는 아이가 잘 먹는 모습을 보면서 말끝마다 자신의 둘째 아들인 삼촌 이야기를 했다. "너그 오빠도 저렇게 잘 먹었는데. 너그 오빠가 참 똑똑했다. 너그 오빠가 어릴 때…." 집으로 돌아가는 차에서 엄마에게 할머니는 어쩜 저렇게 주구장창 삼촌 이야기만 할 수 있는지 신기하다고 말했다. 그러자 운전을 하던 엄마가 무심하게 말했다.

"엄마한테는 오빠밖에 안 보여. 우리 엄마는 내가 어느 고등학교 나왔는지도 모를걸? 내가 다 혼자 알아보고 다녔으니까."

엄마의 말투에는 서운함조차 사라진 체념이 묻어났다. 무능력한 남편을 대신해 억척스럽게 자식 넷을 키워야 했던 할머니에게 공부 잘하는 작은 아들은 유일한 희망이었다. 4남매 중 셋째이자 장녀였던 엄마는 어릴 때부터 자신의 삶을 스스로 꾸려야 했다.

엄마의 말을 듣는데 오래전 40대였던 엄마가 해준 말이 떠올랐다. 내가 고등학생 때였다. 엄마와 나는 일주일에 한 번씩 집에서 목욕을 했다. 욕조에 들어가 몸을 불리고 때를 밀다 서로의 등을 밀어줬다. 내가 먼저 목욕을 하고 나가면 엄마는 욕조와 화장실 청소를 하고 나왔다. 우리만의 주말 의식이었다.

엄마는 좀처럼 사랑을 표현하는 법이 없는 사람이었다. 엄마의 육아 방식은 철저한 방목이었다. K-장녀인 나는 엄마처럼 뭐든 스스로 해야 했다. 친구 같은 엄마, 곁에서 뭐든 챙겨주는 엄마를 둔 친구들이 부러웠다. 평소에는 데면데면한 모녀 사이였지만 목욕할 때만큼은 엄마에게 속에 있는 이야기를 털어놓았다. 그날 무슨 이야기를 하던 중이었을까. 동굴 같은 목욕탕에 울려 퍼지던 엄마의 목소리만큼은 또렷하다.

"사랑도 내리 사랑이라는데, 나는 부모한테 사랑을 받아본 적이 없어서 너희들한테 어떻게 사랑을 줘야 할지 모르겠더라고."

엄마한테는 미안한 말이지만 꽤 오랫동안 엄마의 이 말을 변명이라고 생각했다. 엄마의 사랑을 갈구하고 의심하고 실망하고 체념하는 세월을 거치며 나도 엄마처럼 엄마가 되었다. 엄마가 된 후에도 바라고 원망하는 마음은 계속 됐다. 나의 못난 모습이 모두 엄마 때문인 것 같고 자꾸만 엄마 탓을 하고 싶었다.

그 갈빗집이 시작이었을까. 나도 나이가 들어서일까. 언젠가부터 엄마에 대한 애증이 서서히 희미해졌다. 엄마도 엄마의 '한계 안에서 나를 사랑했을 것이라고, 그리고 그것은 인간이라면 어쩔 수 없는 일'[10] 이라는 걸 받아들일 수 있게 됐다.

그때 엄마가 때를 밀어주면서 했던 말은 엄마가 할 수 있었던 최선의 사과였다는 것을, 이제는 머리가 아닌 마음으로 이해한다. 엄마도 나처럼 엄마의 엄마를 사랑하고 미워했을까. 외롭고 힘들지 않았을까. 여자 최양숙은 어떤 삶을 살았을까. 엄마가 아닌 엄마가 궁금해졌다.

걸출한 배우 키키 키린은 현실에 발을 딛고 일상과 비일상의 경계를 넘나들며 어머니의 세계를 입체적으로 보여준다. 감독은 키키 키린을

10 백수린, 《친애하고 친애하는》

통해 말하는 것 같다. 우스꽝스러운 얼굴도 으스스한 얼굴도 모두 어머니이며 우리는 모두 여러 얼굴을 갖고 살아간다고. 서로를 잘 알지 못하는 (그러면서 잘 안다고 착각하는) 부모와 자식은, 필연적으로 조금씩 어긋날 수밖에 없다고.

돌아가신 어머니를 그리워하며 미화하지도, '그때 좀 더 잘할 걸'이라는 회한에 젖어 자기 연민에 빠지지도 않는 것. 고레에다 감독의 애도 방식이다.

영화 〈걸어도 걸어도〉의 제목은 영화 속 또 다른 중요한 모티브 중 하나인 노래 '블루 라이트 요코하마'의 후렴 중 한 구절에서 따왔다. 혼자 집에서 레코드판을 틀어놓고 노래 듣는 어머니를 생각하면 어쩐지 오싹하다는 료타에게 아내 유카리는 말한다. 숨어서 듣는 노래 하나쯤 누구나 있기 마련이라고. 이어지는 대사.

료타 : 무섭구나. 여자는.

유카리 : 무섭죠. 사람이. 모두가요.

누구나 숨어서 혼자 듣는 노래 하나쯤은 있으며 우리는 서로를 잘 모른다. 설사 가족이라도. 어쩌면 가족이라서 더.

가족의 비극은 서로를 잘 알고 있다고 착각하는 데서 시작한다. 부모는 자식을, 자식은 부모를 잘 안다고 생각하면서 마음대로 평가하고 기대한다. 하지만 자식의 세계는 부모의 생각만큼 그리 단순하지도 간단하지도 않다. 반대의 경우도 마찬가지다.

이상하고 모순적인 엄마가 될 거야

영화 <로스트 도터> 속

레다

제주로 가는 비행기 안에서 40대 남성이 아기 울음소리가 시끄럽다며 난동을 부리다 경찰에 입건됐다. 보도에 따르면 이 남성은 술에 취한 상태였으며 갓난아이와 부모에게 "누가 애 낳으래?" "애XX가 교육 안 되면 다니지 마, 자신 없으면 애 낳지 마"라며 욕설과 폭언을 했다고 한다. 같은 날, 서울로 가는 KTX 열차 안에서 30대 남성이 아이들이 떠든다는 이유로 아이와 엄마에게 폭언을 쏟아냈고 이를 제지하는 승객에게 발차기를 했다.

뉴스를 보면서 돌도 채 되지 않은 아이와 단둘이 KTX를 탔던 기억이 소환됐다. 서울에서 친정이 있는 부산까지 가는 길이었다. 편히 가려고 일부러 두 자리를 예약해뒀지만 결론부터 말하자면 세 시간 내내 좌석에 앉지 못했다. 아이는 낯선 환경이 불편한지 칭얼대다 울다를 반복했다. 조용한 열차 칸에 아이 소리가 퍼지자 승객들의 따가운 시선이 느껴졌다.

아기띠를 하고 열차칸을 나와 복도로 갔다. 복도에도 승객들이 있었다. "쉬, 쉬" 소리를 내며 아이를 재우려 했지만 아이는 좀처럼 깊은 잠에 들지 못했다. 폭언이나 욕설을 하는 사람은 없었지만 이미 마음은 가시밭이었다. 대전역, 동대구역… 열차가 설 때마다 진심으로 아이를 열차 밖으로 던져버리고 싶었다. 도망치고 싶고 사라지고 싶었다. 나 자신에게 놀랐다. 나는 나쁜 엄마인가.

'나는 나쁜 엄마인가'라는 죄의식은 아이를 키우는 내내 반복됐다. 아이가 이앓이 때문에 밤새 수십 번 깨던 날, 할 일이 산더미처럼 쌓여 있는데 아이가 전염병에 걸렸던 날, 손가락 하나 까딱할 힘조차 없는데 아이가 계속 놀아달라고 하던 날, 공공장소에서 떼를 쓰고 장난을 치는 아이를 도저히 통제할 수 없던 날, 엄마로 사는 게 버겁고 계속 이 아이를 키울 수 있을지 자신이 없었다. 그때마다 생각했다. 나는 엄마가 되어서는 안 되는 사람이 아니었을까.

자식들이란 끔찍한 부담이에요

〈로스트 도터〉는 육아의 미칠 것 같은 순간을 징그러울 정도로 잘 포착한 영화다. 대학에서 이탈리아 비교문학을 가르치는 40대 교수 레다(올리비아 콜맨)는 여름휴가를 맞아 그리스로 혼자 휴가를 떠난다. 안락한 숙소, 평온한 바다. 완벽한 휴가지의 평화는 시끄럽고 무례한 대가족의 등장과 함께 깨진다.

가족끼리 뭉칠 수 있도록 선베드 자리를 옮겨달라는 대가족의 요청을 레다는 부드럽지만 단호하게 거절한다. 분위기가 험악해지지만 레다는 아랑곳하지 않는다. 레다는 자신만의 선이 분명한 사람처럼 보인다.

장면이 바뀌고, 레다에게 자리를 옮겨달라고 했던 대가족의 여자가 레다에게 아까는 미안했다며 케이크를 내민다. 나이가 몇 살인지, 아이는 있는지 호구 조사가 이어진다. 배가 많이 불러 있는 여자는 곧 출산을 앞두고 있다. 레다는 스물다섯, 스물셋 두 딸이 있다고 말한다. 레다는 자신도 아까는 미안했다며 좀 불안했던 것 같다고 말한다. 출산을 앞둔 여자는 레다에게 "딸들과 떨어져 있어서 그럴지도요"라고 말한다. 그러자 레다는 또다시 부드럽지만 단호한 표정으로 의미심장하게 말한다.

"네, 뭐. 곧 아시겠죠. 자식들이란 끔찍한 부담이에요."

만삭 임신부에게 자식들이란 끔찍한 부담이라니. 이 여자 대체 뭐지. 매일 해변에서 수영하고 글을 쓰며 시간을 보내는 레다는 대가족 무리 사이에서 육아에 지쳐 있는 젊은 여자 니나(다코타 존슨)에게 자꾸만 눈이 간다.

니나의 어린 딸 엘레나는 한시도 엄마를 가만두지 않는다. 니나는 사랑스러운 눈길로 딸을 돌보지만 온몸에 피어나는 피로를 감출 수 없다.

선베드에 누운 니나와 애착 인형에게 장난감 물주전자로 번갈아가며 물을 뿌리는 엘레나. 그 모습을 지켜보던 레다는 울컥 눈물을 삼킨다. 레다는 어린 두 딸을 키우던 자신의 젊은 시절을 떠올린다.

젊은 레다(제시 버클리)와 남편은 연구자 부부다. 둘 다 공부를 하지만 육아의 부담은 엄마인 레다에게 훨씬 많이 쏠려 있다. 푸석한 얼굴로 "엄마 잠깐만 눈 좀 감고 있을게"라며 바닥에 누워 있는 레다에게 두 딸은 계속 말을 걸고 반응을 요구한다.

레다의 남편이 아이를 돌보기로 한 일요일, 거실에서 아이 울음소리가 들려온다. 남편은 대학에서 걸려온 전화를 받느라 바쁘고 레다는 헤드셋을 쓰고 공부에 몰두하고 있다. "나 일하잖아"라며 레다에게 아이 돌보기를 미루는 남편에게 레다는 지친 얼굴로 말한다. "난 질식하겠어."

끊기지 않게 과일 껍질을 깎는 것에 집착하는 레다를 꼭 닮은 첫째 딸은 엄마처럼 뱀을 만들고 싶어서 과일을 깎다 손을 다쳤다고 말한다. 엄마에게 혼나는 것이 두려운 아이는 울먹이면서 "뽀뽀해줘, 엄마. 너무 아파"라고 말한다. 상처를 확인한 레다는 아이를 달래지도 뽀뽀를 해주지도 않는다. 우는 아이에게 등을 돌리고 한숨을 쉬며 레다는 차갑게 말한다.

"1분을 혼자 둘 수가 없어."

욕망을 가진 사람, 엄마

아이에게 끝내 뽀뽀를 해주지 않는 레다의 마음이 뭔지 알 것 같았다. 그래선 안 된다고 머리로 생각하면서도 아이에게 못되게 굴고 싶을 때가 있다. "엄마 나 안아줘"라며 간절하게 손을 뻗는 아이를 뿌리치고 싶을 때가 있다. 왜 이 관계에서는 나만 모든 걸 포기해야 하는 건지 억울했다. 비뚤어지고 싶었다. 그러다가도 밤에 잠든 아이를 볼 때면 죄책감을 느꼈다.

커리어에 대한 욕망, 성적인 욕망, 엄마라는 이름에서 벗어나 자유롭고 싶은 욕망. 영화는 타오르는 욕구를 가진 한 사람의 인간으로서 레다를 보여준다. 특히 이탈리아어는 레다가 온전히 자신으로 존재할 수 있는 매개체다. 두 아이를 돌보는 와중에도 레다는 이탈리아어를 읊조리며 공부를 한다. 이탈리아어로 말을 하고 노래를 부를 때 레다는 비로소 살아 있는 것 같은 얼굴이 된다.

남편이 다른 지역에서 일을 하게 되면서 레다의 육아 부담은 더욱 커진다. 지도 교수의 초청으로 학회에 가게 된 레다는 시터에게 두 아이를 맡기며 꼼꼼하게 당부를 전한다. 그동안 레다가 얼마나 고군분투하며 아이들을 돌봤는지 알 수 있는 장면이다. 레다는 학회에서 자신의 학문적 능력을 알아봐준 젊은 교수와 사랑에 빠진다. 레다와 젊은 교수는 이탈리아어로 밀어를 속삭인다.

엄마와 학자라는 정체성 사이에서 갈등을 겪는 레다처럼 나도 지난 몇 년간 육아와 일 사이에서 지독히 방황했다. 한 회사에 오랫동안 다녔던 나는 엄마가 된 후 세 번의 퇴사를 했다. 이직과 창업을 했고 본업과 사이드 프로젝트를 쉴 새 없이 이어갔다.

남들은 애 엄마가 뭘 그리 일을 벌이냐 했지만 애 엄마이기에 더욱 절박했다. 어느 순간 나는 사라지고 엄마라는 이름만 남게 될까 두려웠다. 동시에 엄마로서의 역할도 소홀히 하고 싶지 않았다. 젊은 레다처럼, 지금의 니나처럼 나는 종종 질식할 것 같은 얼굴이 됐다. 도망치고 싶었다. 사라지고 싶었다.

"지나가긴 하나요? 뭐라고 말해야 할지, 우울증인지 뭔지 모르겠는데… 지나가는 거죠?"

니나는 40대 레다에게 묻는다. 레다는 답변을 피한다. 첫째가 일곱 살, 둘째가 다섯 살일 때 레다는 두 아이를 버리고 집을 나왔다. "애들이 없으니 어떻던가요?"라는 니나의 질문에 레다는 웃는지 우는지 알 수 없는 복잡한 얼굴로 말한다.

"너무 좋았어요. 폭발하려는 걸 참다가 결국 터져버린 것처럼."

레다의 얼굴을 보며 니나는 말한다.

"좋았던 것 같진 않네요."

영화 제목 '로스트 도터'의 '로스트는 '잃어버린' '되찾을 수 없는'이라는 의미를 갖고 있다. 영화 전개상 첫 번째로 잃어버리는 것은 인형이다. 니나의 딸 엘레나는 해변에서 애착 인형을 잃어버리는데 인형을 훔친 사람은 다름 아닌 레다다.

인형이 없어지자 엘레나는 엄마인 니나에게 더욱 집착한다. 레다는 그런 니나를 위로하면서도 인형을 돌려주지 않는다. 관객들은 궁금할 수밖에 없다. 레다는 대체 왜 저 인형을 훔친 걸까. 그리고 인형을 왜 안 돌려주는 걸까.

40대 레다는 훔친 인형을 깨끗하게 씻기고 예쁜 옷을 입혀서 꼭 끌어안고 잠을 잔다. 내게는 그 인형이 레다가 잃어버린 유년 시절의 딸들처럼 보였다. 이미 잃어버렸고 되찾을 수 없는 어린 딸들.

두 문장으로 이루어진 말

작별 인사조차 없이 집을 나왔던 레다는 3년 만에 다시 집으로 돌아간다. "엄청 좋았다면서 딸들한테 왜 돌아갔어요?"라는 니나의 질문에 레다는 답한다.

"엄마니까. 애들이 보고 싶어서. 난 아주 이기적이거든요."

아이들을 사랑하지만 집을 떠났고, 니나에게 연민을 느끼지만 니나 딸의 인형을 훔치고, 아이들이 없는 게 너무 좋았지만 아이들이 보고 싶어 다시 돌아갔고. 레다는 이상하고 모순적인 사람처럼 보인다. 자신을 '뒤틀린 엄마'라고 부르는 레다는 단 한 번도 자신의 욕망을 변명하지 않는다. 그때는 어쩔 수 없었다고 말하지도 않는다. 이 영화의 가장 큰 미덕이다.

영화를 보면서 《분노와 애정》에 수록된 에세이 〈나쁜 엄마 모임〉이 떠올랐다. 제인 라자르가 쓴 〈나쁜 엄마 모임〉에서 작가의 친구 애나는 말한다. "애들을 너무 사랑하지만 애들이 진짜 미워."

그러자 작가가 말한다. "영화에서 엄마들이 애를 살리려고 트럭과 총알을 막아서는 거, 그거 다 진짜야. 애를 잃느니 차라리 죽는 게 나아. 아마 이게 사랑이 아닐까." 이어서 작가는 말한다. "하지만 애는 내 삶을 망가뜨려. 오로지 망가진 삶을 되찾기 위해 산다니까."

다음 문장은 내가 두고두고 찾아 읽는 구절이다.

> ***"나는 천천히 말을 마쳤다. 두 번째 문장이 없다면 첫 번째 문장은 기만적인 거짓말일 뿐이다… 중략 …우리는 언제나 말이 두 문장으로 이루어져 있다는 걸 배웠다. 두 번째 문장은 첫 번째 문장과 모순되는 것처럼 보이지만 그 안에는 일관성이 있었다. 우리가 양가성을 더욱 잘 받아들일 수 있게 되었기 때문이다. 양가성을 받아들이는 능력, 그것이 바로 모성애가 아닐까."***

아이를 사랑하면서도 아이가 미운 마음, 아이와 함께 있고 싶으면서도 아이와 멀어지고 싶은 마음, 혼자 있는 게 행복하면서도 아이 사진을 자꾸 들여다보는 마음. 모든 마음이 그렇듯 모성에도 두 가지 마음이 공존한다. 엄마의 마음은 언제나 모순적인 것 같은 두 문장으로 이루어져 있다.

하지만 모성 이데올로기는 욕망을 가진 한 사람으로서의 엄마를 인정하지 않는다. 좋은 엄마는 아이를 위해 모든 것을 희생하고 헌신해야 한다고, 그렇지 않다면 나쁜 엄마라고 낙인을 찍는다.

〈로스트 도터〉는 겉으로 보기에 그저 귀엽고 예뻐 보이는 인형 안에 있는 구정물과 벌레를 굳이 끄집어내서 관객들 눈앞에 보여준다. 그러면서 이렇게 말하는 것 같다. 이기적인 뒤틀린 모성motherhood도 모성이라고. 정말로 나쁜 것은 엄마에게 오직 한 가지 마음만 갖기를 강요하는 사회라고. 이런 영화를 오랫동안 기다렸다.

얼마 전, 네 살 아이를 둔 엄마와 함께 식당에서 밥을 먹었다. 네 살 아이는 당연히 잠시도 가만있지 못했고, 아이 엄마는 KTX를 탔을 때의 나처럼 초조한 얼굴이 됐다. 그 엄마는 혼자 의젓하게 밥을 먹는 우리 집 일곱 살 아이를 바라보며 물었다. 대체 언제 이렇게 키우냐고. "3년만 기다리면 돼요"라고 말하며 나의 3년 전을 떠올렸다.

돌이켜보면 그때 나는 레다와 니나처럼 이 상황이 언젠가 지나가리라는 것을 도저히 믿을 수 없었다. 아이는 영원히 자라지 않을 것 같았고 이 미칠 것 같은 상황이 무한 반복될 것 같았다. 아이가 자라기를 기다리는 사이 내가 사라져버릴까 두려웠다. 벼랑 끝에 몰린 사람처럼 나를 몰아붙였다. 그래야 숨통이 트일 것 같았다. 아마 다시 그때로 돌아간다고 해도 나는 또다시 지나치게 애를 쓰고 있을 것이다. 지금 알고 있는 것을 그때는 알 수 없으며 사람은 직접 겪은 것만을 믿는 존재이기 때문이다.

다만 나는 지금 내가 할 수 있는 일을 하려 한다. 공공장소에서 다른 아이의 우는 소리가 들리면 나는 결코 고개를 돌려 쳐다보지 않는다. 안 그래도 숨이 넘어가고 있을 엄마에게 시선 하나를 더 보태고 싶지 않아서다. 내가 할 수 있는 최소한의 연대다.

비행기와 KTX에서 일어난 일에 대한 기사를 읽으며 다짐했다. 다음부터 더 적극적으로 소리 내서 다른 엄마와 아이를 도와야겠다고.

아이를 사랑하면서도 아이가 미운 마음, 아이와 함께 있고 싶으면서도 아이와 멀어지고 싶은 마음, 혼자 있는 게 행복하면서도 아이 사진을 자꾸 들여다보는 마음. 모든 마음이 그렇듯 모성에도 두 가지 마음이 공존한다. 엄마의 마음은 언제나 모순적인 것 같은 두 문장으로 이루어져 있다.

4부

조금 다른 길에 선 여자

부부는 왜
결혼 여섯 시간 만에 헤어졌을까

영화 <체실 비치에서> 속

플로렌스

확진자 수를 세는 게 무의미할 정도로 코로나19가 확산되면서 나 또한 재택근무를 시작했다. 여기저기서 불청객처럼 찾아온 코로나 때문에 고통을 겪고 있는 이들의 비명소리가 들린다. 다행히 지금까지는 어린이집에 긴급 돌봄을 보내며 간신히 일을 하고 있지만 언제 나도 코로나19 확진자나 밀접 접촉자가 될지 불안한 마음이다. 긴급문자가 울릴 때마다 가슴이 철렁 내려앉는다. 이 또한 지나가리라는 걸 알지만 이 순간이 끝나지 않을 것 같아 두렵고 막막하다. 최악의 상황을 상상하게 된다.

영화 〈체실 비치에서〉는 그런 두려움이 어떤 파국을 가져오는지 보여주는 영화다. 바이올린을 전공한 플로렌스(시얼샤 로넌)와 역사학을 전공한 에드워드(빌리 하울)는 핵무기 반대 모임에서 만났다. 두 사람이 처음 만난 날, 에드워드는 수석으로 학위를 받았다는 소식을 전할 사람이 없어서 방황 중이었다. 뇌 손상을 입고 자기만의 세계에 갇혀 있는 엄마는 에드워드에게 관심이 없다.

홀로 술을 마시고 길거리를 걷던 에드워드는 우연히 핵무기 반대모임 안내 표지판을 발견하고 그곳에서 플로렌스를 만난다. 에드워드는 먼저 인사를 건네는 플로렌스에게 "뭐 하나 얘기해도 될까?"라면서 방금 수석으로 학위를 받았다는 소식을 들었다고 전한다. 플로렌스는 에드워드에게 대단하다며 축하를 건네고 에드워드의 성취에 진심으로 귀 기울인다.

부유하지만 강압적인 집안 분위기 속에서 격식을 차리며 자란 플로렌스는 촌스럽지만 자유롭고 자신만만한 에드워드에게 첫눈에 반한다. 플로렌스도 자신처럼 수석으로 학위를 받았다는 이야기를 듣자마자 에드워드는 들판에 있는 꽃을 꺾어 플로렌스에게 건네면서 이렇게 말한다.

"플로렌스 양, 탁월한 성취를 인정합니다. 잘했어요."

좋은 성적을 받고 대학을 졸업했지만 에드워드는 아직 일자리를 구하지 못했고, 플로렌스는 클래식 4중주단을 만들어 연주하기 위해 아르바이트를 하고 있다. 클래식밖에 모르는 플로렌스, 로큰롤 뮤지션 척 베리를 좋아하는 에드워드는 서로의 세계에 점점 빠져든다.

매사에 똑 부러지는 플로렌스는 틀에 얽매이지 않는 에드워드를 만

나면 무장해제 되는 기분을 느낀다. 지도 한 장을 들고 기차를 타고 10km를 걸어 에드워드의 집까지 찾아간 플로렌스는 환하게 웃으며 "이런 행복 처음이야"라고 말한다. 옷을 홀딱 벗은 채 그림을 그리고 있는 에드워드의 엄마에게 조심스레 옷을 입혀주고 엄마의 말벗이 되어주는 플로렌스. 에드워드는 그런 플로렌스가 고맙다. 에드워드는 플로렌스와 결혼하기 위해 자존심을 꺾고 플로렌스의 아버지가 세운 공장에서 일하기로 한다.

우리는 가망이 없어

플로렌스와 에드워드는 체실 비치로 신혼여행을 떠난다. 꿀 떨어지는 표정으로 서로를 바라보던 부부는 첫날밤을 앞두고 예상치 못한 위기를 맞는다. 플로렌스는 '그 문제'가 영원히 해결될 수 없다고 생각한다. 우린 절대 행복해질 수 없고 점점 불행해질 것이며 가망이 없다고 말한다.

그렇다고 남편 에드워드가 플로렌스를 이해하고 보듬어주느냐. 안타깝게도 전혀 그러지 못한다. 자존심을 다친 에드워드는 플로렌스가 자신에게 망신을 줬다며 "어떻게 이럴 수 있어" "네 탓이야"를 반복한다. 플로렌스 역시 문제의 원인이 되는 진짜 상처는 에드워드에게 드러내지 않는다. 누구보다 지적으로 충만하던 커플은 자기를 지키는 일에만 매몰돼 허무하게 파경을 맡게 된다. 그것도 결혼한 지 여섯 시간 만에.

나도 남편에게 우리는 가망이 없다는 말을 한 적이 있었다. 남편과 나는 칼 같은 반반 육아를 했다. 야근이 잦은 남편은 어린이집 등원을, 나는 출퇴근 시간을 앞당겨 어린이집 하원을 담당했다. 육아뿐만 아니라 집안일도 반으로 나눴다. 남편은 주방일과 장보기를, 나는 빨래와 집 정리를 했다.

갈등은 일이 지나치게 많을 때 생겼다. 남편이 일을 많이 하는 만큼 내가 일을 할 시간이 줄어들었고, 내가 일을 많이 하는 만큼 남편이 해야 할 육아와 집안일이 늘었다. 주말에 남편과 아이를 집에 두고 일을 하러 나갈 때면 뒷골이 서늘했다. 남편이 매일 새벽 퇴근을 하며 체력적으로 힘들어 할 때면 안타까운 마음보다 억울한 마음이 앞섰다. 누구도 억울해지지 않기 위해 시작한 반반 육아였는데 서로 감시하고 비교했다. "나 힘들어" "네가 나만큼 힘들어?" 불행 배틀이 반복됐다.

이번에는 내가 새롭게 시작한 일 때문에 허덕일 때였다. 일, 육아, 집안일까지 해야 할 일은 많은데 도저히 모든 걸 감당할 여력이 없었다. 육아와 집안일을 나눌 사람은 남편밖에 없는데 남편에게 도움을 요청하고 아쉬운 소리를 하는 게 자존심 상했다. 제 할 일 못하는 무능한 사람이 된 것 같고, '생색정보통'(내가 지어준 남편의 별명이다) 남편이 또 무슨 생색을 낼까 싶었다.

마음이 많이 무너졌던 어느 날 남편에게 말했다. 우리가 함께 사는 건 서로 행복하기 위해서인데 지금 나는 함께 살아서 더 불행하다고. 이럴 거라면 같이 사는 게 무슨 의미가 있겠냐고.

돌려서 말했지만 '지금 네가 하나도 도움이 안 된다'는 말이었다. 나도 플로렌스처럼 이 상황이 변하지 않을 거라 믿었다. 나도 변하지 않고 너도 변하지 않을 테니 우리는 점점 불행해질 거라고.

취약함을 드러낼 용기

불행이 영원할 것 같을 때가 있다. 시간이 흐르고 모든 것은 어떤 식으로든 변한다는 사실을 까맣게 잊은 채 최악의 상황이 무한 반복될 것 같을 때. 그 상황에서 빠져나올 힘이 내게 도저히 없는 것 같을 때. 명확하고 분명한 것에서 안정감을 느끼는 나는 그럴 때마다 선을 긋고 깔끔한 결론을 내리려 했다. 그러면서도 내가 나쁜 사람이 되는 것이 싫어 '우리를 위해서'라고 포장했다.

다행히 남편은 나보다 훨씬 느긋하고 훨씬 솔직한 사람이었다. '여기까지' 선을 긋고 넘어오지 말라고 하는 내게 남편은 말했다. 나는 우리 둘이 함께라서 더 행복하다고. 나는 네가 필요하다고. 내가 바뀌겠다고. 남편이 먼저 손을 내밀어준 덕분에 나도 내 취약함을 드러내며 남편에게 솔직하게 말할 수 있었다. 나도 네가 필요하다고. 나 좀 도와달라고. 누군가에게 진지하게 도움을 요청한 건 그때가 처음이었다.

당연히 그 후로도 우리 부부는 자존심을 세우며 자주 싸운다. "네가 나보다 잘못했어, 너는 그게 문제야" 상대방에게 화살을 겨누고 당장 내일이라도 안 볼 사람처럼 날을 세운다. 그럼에도 한 가지 대전제만큼은 의심하지 않는다. 우리는 불완전하며 서로가 필요하다는 것.

13년 후, 레코드 가게를 연 에드워드는 척 베리의 음반을 사러 온 플로렌스의 딸을 만난다. 에드워드의 얼굴이 복잡해진다. 그날 밤 에드워드는 자신의 과거를 모르는 친구들에게 '순진하고 젊었'던 커플의 이야기를 들려준다.

"중요한 건 여자는 남자를 진짜로 사랑했어. 남자를 실망하게 하기 싫었던 거지. 같이 살고 싶어 했어. 그리고 남자의 행복을 바랐지. 그렇게 그날 밤은 산산조각 났고 둘은 다시는 만나지 않게 됐어. 결혼한 지 여섯 시간 만에."

20대의 플로렌스와 에드워드도 몰랐을 것이다. 이 또한 지나가고 자신들도 어떤 식으로든 변하리라는 걸. 사랑이란 나를 지키는 게 아니라 나를 바꿔야 하는 일이라는 걸.

정혜윤 작가는 《앞으로 올 사랑》에서 "우리의 사랑에 무엇이 없어서는 안 되는가? 너를 위한 나의 변신이다"라면서 "이 어려운 것을 해내는 것이 사랑의 놀라운 힘이다"라고 말한다.

여전히 내게는 '너를 위해 나를 바'꾸는 사랑이 어렵다. 불안이 찾아올 때면 습관처럼 온몸에 가시를 세우고 자기방어기제를 작동한다.

이상하게도 나를 지키려고 할수록 나는 더 외로워지고 고립됐다. 내가 지키려 했던 내가 누구인지조차 헷갈렸다. 입을 크게 벌려 "도와줘" "고마워" "내가 변할게"라고 말했을 때 나밖에 없던 세계는 조금씩 넓어졌다. 가난했던 마음에 온기가 돌았다.

> ***"온 세상에서 자신밖에 보지 못하면 자신 외의 것을 상상하지 못한다. 상상력은 빈곤해진다. 빈곤해진 마음은 자기 자신을 포함해 세상의 어느 것도 밝게 비추지 못한다."***
>
> **—정혜윤, 《앞으로 올 사랑》**

영화 마지막, 백발의 에드워드는 역시나 백발이 된 플로렌스의 연주를 들으며 객석에서 눈물을 쏟으며 박수를 친다. 45년 전 약속처럼 "브라보"라고 외치는 에드워드를 보면서 나도 따라 울 수밖에 없었다. 플로렌스도 에드워드도 서로의 손을 허무하게 놓아버린 그날을 수없이 반복해서 떠올렸을 것이다.

그럼에도 다행인 것은 그다음은 다를 수 있다는 일말의 가능성이다. 영원한 행복도 영원한 불행도 없으며 나도 당신도 변한다. 살면서 가장 큰 위로가 되는 말이다.

나는 우리 둘이 함께라서 더 행복하다고. 나는 네가 필요하다고. 내가 바뀌겠다고. 남편이 먼저 손을 내밀어준 덕분에 나도 내 취약함을 드러내며 남편에게 솔직하게 말할 수 있었다. 나도 네가 필요하다고. 나 좀 도와달라고. 누군가에게 진지하게 도움을 요청한 것은 그때가 처음이었다.

남편 몰래
야한 영화 보다 생긴 일

영화 <그레이의 50가지 그림자> 속

아나스타샤

넷플릭스 메인 화면에서 뭘 볼까 기웃거리는데 어머? 영화 〈그레이의 50가지 그림자〉가 새로 올라왔다. '이거 뭐, 별로 안 야하다며?' 무심한 척했지만 애는 자고 남편은 야근이고 내 손은 이미 재생 버튼을 눌러버렸다. 영화를 보는 순간 나는 완전히 빠져버렸다. 누구한테? 아나스타샤 역을 맡은 다코타 존슨에게. 소피 마르소처럼 청순한데 은근히 섹시하고 물기 어린 목소리. 숨소리조차 매력적이다.

영화의 스토리는 간단하다. 19금 신데렐라 스토리라고 해야 할까(신데렐라에 19금을 붙이니 뭔가 불경하다). 평범한 여대생 아나스타샤는 아픈 친구를 대신해 '모든 것을 다 가진 매력적인 CEO'(영화사 소개 글) 크리스찬 그레이(제이미 도넌)를 인터뷰하게 되고, 젊은 재벌 그레이는 아나스타샤에게 첫눈에 반한다.

영화에서 그레이는 사디스트 성향을 가진 남자로 묘사된다. 자신은 사랑 말고 섹스만 한다며, 자기 몸은 절대 만지지 말라며, 한 침대에서도 안 잔다며, 빽빽한 조항의 계약서를 아나스타샤에게 들이민다. 아나스타샤 집에 몰래 침입하지 않나 자기를 주인님이라고 부르라느니 아나스타샤를 때리겠다느니 벌을 주겠다느니 하는데 '저건 범죄인데 신고해야 하는 거 아닌가' 불편한 마음이 계속 들었다.

아나스타샤가 무작정 끌려가기만 했다면 답답했을 텐데 둘의 관계에서 주체적인 모습을 보이며 할 말을 하는 건 그나마 사이다였다. 1편은 전혀 기대 없이 봐서인지 그리 나쁘지 않았다. 그레이에게 대체 어떤 어두운 비밀이 있기에("나는 50가지 그림자로 얼룩진 놈이니까!") 저러는 걸까 궁금하기도 하고 엔딩신이 인상적이기도 하고 OST가 지나치게 고 퀄리티이고 애는 자고 남편은 야근이고…. 야금야금 며칠에 걸쳐 2,3편도 결제해서 봤다.

네 이름으로 날 불러줘

2편부터 그레이는 사랑밖에 모르는 바보가 되어 오랫동안 고수해온 성적 취향을 버리고 아나스타샤와 함께 내면의 상처를 치유해간다. 여전히 맥락도 개연성도 산으로 가고 남자 주인공은 무매력을 뿜내지만 개인적으로는 두 사람의 신혼 생활을 그린 3편이 가장 좋았다(네, 신혼입니다. 신혼!).

뜬금없이 나오는 노출신과 섹스신을 보면서 독립 영화와 예술 영화를 사랑하는 내가 대체 왜 이 영화를 보고 있는 걸까, 하면서도 길티

플레저를 느꼈다. 그레이와 아나스타샤 두 사람이 좋아서 죽고 못 사는 모습이 예뻐 보였다. 온 세상에 두 사람밖에 없는 것 같은 커플을 보면서 나도 모르게 입꼬리가 올라갔다.

얼마 전 영화 〈콜 미 바이 유어 네임〉에 빠졌던 이유도 비슷했다. 어느 여름, 가족 별장에 찾아온 손님과 사랑에 빠져버린 열일 곱 소년 엘리오는 올리버의 눈빛 하나 손짓 하나에 온 세계가 흔들린다. 올리브는 엘리오에게 말한다. “네 이름으로 나를 불러 달라”고. 오글거릴 수도 있는 이 대사가 이 영화에서는 충분히 납득이 된다. 당신의 이름으로 나를 부르고 나의 이름으로 당신을 부르면서 둘의 경계는 사라진다. 그래, 그게 바로 사랑이지. 저런 절절한 감정을 느껴본 게 언제더라. 죽은 줄 알았던 연애 세포가 꿈틀거렸다.

남편과 나는 스물한 살에 야학에서 교사로 봉사활동을 하다 만났다. 둘 다 재수 끝에 간 대학에서 적응 못 하고 겉돌고 있을 때였다. 남편은 나보다 6개월 먼저 야학에서 활동하고 있었는데 어깨까지 오는 파마머리에 벙거지 모자를 쓴 첫인상이 아직도 기억에 남는다. 세월의 흔적이 역력한 외모에 당연히 졸업 앞둔 복학생이겠지 했는데 84년생이라고 자신을 소개하는 그에게 초면에 정색을 했다.

“말도 안 돼! 거짓말! 제가 84년생인데, 74년생 아니에요?”

6개월 후, 남편이 속해 있던 기수가 야학 활동을 마무리하는 날 남편은 빽빽하게 쓴 편지를 술집에서 내게 몰래 전해줬다. 수많은 문장

중 지금까지도 잊을 수 없는 한 문장이 있다.

"너는 내가 좋은 사람이 되고 싶게 해."

남편과 내게도 아나스타샤와 그레이, 엘리오와 올리브처럼 사랑밖에 몰랐던 시절이 있었다. 하숙집 앞에서 헤어지기 싫어서 가로등 아래서 밤새 껴안고 있던 때도 있고, 아프다는 내 전화 한 통에 남자친구(지금의 남편)가 한밤중에 약을 사들고 달려온 적도 있고, 군대 간 남자친구의 편지와 전화를 매일 기다리던 때도 있다.

8년 연애 끝에 결혼을 하고 아이가 생기면서 남편과 나는 연인에서 동지가 되었다. 남편과 나로 가득 찼던 우주에는 아이라는 또 다른 세계가 생겼다. 지금도 나는 남편을 사랑하고 설레기도 한다. 하지만 이 사람이 없으면 죽을 것 같고, 한순간만 못 봐도 가슴이 저릿한 정도의 설렘은 분명 아니다.

남편, 언제 와?

아무렇지도 않게 앞에서 방귀를 붕붕 끼고, 변기 커버를 올렸느니 내렸느니로 싸우고, 가사와 육아 문제로 날선 말을 내뱉고, 양가 가족 문제로 잔뜩 예민해지고… 가끔은 우리 둘 사이에서 아이를 빼면 남은 게 뭐가 있는지 불쑥 회의가 든다. 아이가 태어난 후 남편에게 제일 많이 보내는 카톡 메시지는 '오늘 언제 와?'다. 남편이 와야 육아 퇴근을 할 수 있기 때문이다.

띠디딕. 현관문 전자키 누르는 소리. 남편이 치킨을 사들고 집에 들어왔다. 밤 11시, 오늘은 어제보다 일찍 퇴근했다. 평소에는 아이 재우다 같이 곯아떨어져 남편 오는 소리도 못 듣는데 오늘은 식탁에 마주 앉아 남편은 다이어트 콜라, 나는 맥주를 마시며 이야기를 나눴다. 오늘 하루 아이는 어떻게 지냈는지, 회사 생활은 어땠는지, 요즘 고민은 뭔지… 치킨이 두 조각쯤 남았을 때 나는 손을 닦았다. 그러자 남편이 일어나더니 찬장에서 먹다 남은 과자를 꺼낸다.

"너 지금 이거 먹고 싶지?"

안 그래도 치킨이 좀 느끼해서 달고 짠 게 먹고 싶었는데. 귀, 귀신인가? 내게 필요한 것을 나보다 더 잘 아는 남편의 모습을 볼 때 나는 설렌다. 남편은 치킨, 나는 과자를 마저 먹었다.

오래 연애했으니 결혼도 크게 다르지 않을 거라 생각했는데 연애와 결혼은 분명 달랐다. 각자의 자취방에 살다 결혼을 하고 함께 살면서 느꼈던 가장 큰 답답함은 내 삶이 더는 나만의 삶이 아니라는 것이었다. 내가 어떤 결정을 내려도 남편에게 영향을 미쳤고, 반대로 남편의 결정이 나에게 영향을 미쳤다.

둘이 발을 묶고 2인 3각 경기를 하는데 살아온 맥락도 삶의 방식도 다른 두 사람의 발은 제멋대로 움직이고 자주 꼬였다. 반찬통에서 바로 반찬을 먹을지 그릇에 덜어 먹을지 같은 사소한 문제부터 어떤 집을 구할 것인지 같은 큰 문제까지 하나하나 발을 맞춰야 했다. 팀은 팀인데 업무 범위가 아주 광범위한 팀이라고 해야 할까. 이혼을 하지 않는다면 팀을 바꿀 수도 없고 퇴사를 할 수도 없는 팀.

매일 새로운 사랑

> ***"함께 사는 사람과 싸운다는 건 도망갈 곳이 없어진 거다. 지금까진 누구와의 갈등도 이렇게까지 깊게 제대로 해결할 필요까진 없었다. 이제 절벽을 뒤에 둔 느낌으로 최선을 다해 임해야 한다. 제대로 잘 싸워야 한다."***
>
> **—김하나·황선우, 《여자 둘이 살고 있습니다》**

함께 산다는 것은 도망칠 곳이 없다는 것이다. 함께 살기 위해 우리는 서로를 자주 벼랑 끝으로 몰며 싸웠다. 그 과정에서 남들에게는 절대 보여주지 않았을 지질한 민낯이 모조리 까발려졌다. 남편은 나를 가장 멀리, 깊이 들여다본 사람이다. 남편은 내가 가장 멀리, 깊이 가본 타인이다.

아이를 낳을 때 남편은 옆에서 모든 과정을 지켜봤다. 진통이 허리로 와서 몇 초에 한 번씩 죽겠다며 비명을 지르는 나를 보면서 남편은 자기가 대신 아파주고 싶다고 했다. 4kg 넘는 아이를 자연분만으로

낳느라 회음부가 찢어지고 모유수유를 하느라 젖꼭지에서 피가 나는 모습도 모두 지켜봤다. 이제까지 남편은 한 번도 둘째 이야기를 꺼낸 적 없다. 임신을 하는 것도 출산을 하는 것도 나이기에 아이를 갖고 말고는 자신이 이야기할 수 있는 영역이 아니라고 했다. 나는 그것이 나에 대한 남편의 의리라고 생각한다.

아이가 처음으로 38도가 넘는 고열이 나던 날, '대신 아파주고 싶다'는 마음이 뭔지 태어나 처음 알게 됐다. 그때 남편의 말을 다시 떠올렸다. 나의 고통을 대신 가져가고 싶다고 했던 마음이 무엇이었을지 짐작했다. 나도 남편처럼 좋은 사람이 되고 싶어졌다.

어느덧 20대와 30대를 함께 보낸 우리는 함께 자라온 가족 같기도 하고 척하면 착 죽이 잘 맞는 친구 같기도 하다. 나는 내가 이 단어를 말하면 남편이 어떤 농담을 던질지 알고 남편의 침묵에서 행간을 읽을 수 있다. 남편은 내가 집에서만 추는 우스꽝스러운 춤을 알고 있고 어떻게 하면 나를 웃길 수 있는지 안다.

내 삶의 궤적을 속속들이 알고 있는 유일한 사람, 나보다 나를 더 잘 아는 사람, 누구보다 나를 응원해주는 사람, 나를 낳은 부모보다도 내가 더 의지하는 사람. 오래도록 끓이고 끓여 푹 익어가는 시간이 없었다면 이런 관계가 가능했을까. 터질 듯 뜨거운 사랑만이 사랑은 아니다. 우리는 매일 새로운 사랑을 쌓아가고 있다.

함께 산다는 것은 도망칠 곳이 없다는 것이다. 함께 살기 위해 우리는 서로를 자주 벼랑 끝으로 몰며 싸웠다. 그 과정에서 남들에게는 절대 보여주지 않았을 지질한 민낯이 모조리 까발려졌다. 남편은 나를 가장 멀리, 깊이 들여다본 사람이다. 남편은 내가 가장 멀리, 깊이 가본 타인이다.

결혼에는 다른 종류의 사랑이 필요하다

영화 <결혼 이야기> 속

니콜

510호. 방문을 열었다. 남편도 아이도 없이 혼자 찾은 호텔. 도리스 레싱의 소설 〈19호실로 가다〉 속 네 아이 엄마 수잔처럼 나도 혼자만의 시간이 간절하면서도 낯설었다. 오랜만의 휴가인데 자꾸만 아이 사진과 동영상을 찾아봤다. 남편에게 혹시 연락이 오지 않았나 스마트폰을 만지작거렸다. 그러면서도 아무에게도 방해받지 않는 이 시간이 눈물겹게 소중했다.

바스락 소리가 나는 하얀 침대에 누워 어떤 영화를 볼까 고민하다 〈결혼 이야기〉를 골랐다. 어이없었다. 온전히 혼자가 됐는데 결혼 이야기라니.

"아기는 제대로 안아야죠. 도니를 죽이고 식물 군락의 어머니 같은 존재가 되잖아요. 근데 자기 아이도 제대로 못 보면 앞뒤가 안 맞죠."

〈결혼 이야기〉의 니콜(스칼렛 조핸슨)은 티브이 드라마 촬영 현장에서 아기 안는 모습을 연기하며 이렇게 말한다. 이 대사는 니콜의 현재 마음가짐을 정확하게 보여준다. 영화에서 니콜은 반복해서 말한다. 인생을 통째로 바꾸고 싶다고. 도니의 죽음은 과거와의 결별을 의미한다. 니콜의 새로운 인생에 새로운 커리어와 아들 헨리는 있지만 곧 전 남편이 될 찰리(아담 드라이버)는 포함되어 있지 않다. 니콜의 새 삶은 찰리가 없어야 비로소 시작될 수 있다.

영화는 10년 차 부부 니콜과 찰리가 서로의 장점을 쓴 글로 시작한다. 이혼 조정관은 말한다. 이혼 과정을 겪다 보면 격해질 수 있으니 처음 결혼한 이유를 떠올리기를 바라는 마음에서 글을 쓰라고 했다고. 서로에게는 공개되지 않았지만 관객은 알 수 있는 글을 읽다 보면 두 사람이 왜 이혼하는지 이해가 잘 안 된다. 두 사람은 아직 서로를 사랑하는 것 같다.

사랑해도 이혼할 수 있을까

이혼 전문 변호사 노라(로라 던)와 만난 자리에서 니콜은 말한다. 차라리 사랑이 식었다면 간단했을 거라고. 니콜은 찰리와 살면서 자신이 작아진 기분이 들었다고 말한다. 한때 영화배우로 인기를 얻었던 니콜은 엘에이에서의 삶을 포기하고 찰리와 결혼해 찰리가 감독으로 있는 뉴욕 극단에서 배우로 활동한다. 극단이 호평을 받으며 찰리는 천재로 주목받는다.

처음에는 찰리와 함께하면서 진짜 살아 있다고 느꼈던 니콜은 어느 순간 깨닫는다. 자신이 살아난 게 아니라 찰리에게 자신이 생기를 더해줬다는 걸. 니콜은 점점 본인이 보잘것없는 존재가 되어가고 있다고 느낀다.

"조지 해리슨(비틀즈의 멤버)에 관한 다큐를 보다가 옳거니 싶었죠. 조지 해리슨의 부인처럼 모든 걸 받아들이고 현모양처로 살면 충분하다고요. 그런데 그녀의 이름이 기억나지 않았고… 이 파일럿이 들어왔어요."

니콜이 엘에이로 가서 드라마 파일럿을 찍겠다고 했을 때 찰리는 니콜을 응원해주지 않는다. 한술 더 떠서 니콜의 출연료를 극단 예산으로 쓰자고 말한다. 그때 니콜은 확실히 깨닫는다. 찰리가 니콜을 독립적 인격체로 인정하지 않는다는 걸.

타인을 지나치게 배려하는 성격인 니콜은 이혼 소송을 하면서도 찰리에게 나쁜 사람이 되고 싶지 않다. 니콜은 찰리에게 자신이 왜 이혼을 하고자 하는지, 이혼 후 어떤 삶을 꿈꾸는지 진지하게 설명하지 않는다. 양육권 등 주요 쟁점에 대해 직접 말하기를 꺼린다.

이혼 절차를 진행하면서도 니콜은 덥수룩한 찰리의 머리를 가위로 직접 잘라주고, 점심 메뉴 하나 제 손으로 못 고르는 찰리를 위해 세심하게 메뉴를 골라주고, 연기 지적을 해야 직성이 풀리는 찰리를 위해 묵묵히 피드백을 듣는다. 니콜은 결혼 생활 내내 찰리를 배려하며 살아왔을 것이다. 덕분에 찰리는 니콜이 아무 문제없이 잘 살아왔다고 생각한다.

"훌륭한 극단이 있고 멋지게 살고 있었잖아. 당신도 행복했잖아. 괜히 이제 와서 불평하는 거지."

찰리의 말을 들으며 네 글자가 떠올랐다. 동상이몽.

말하지 않으면 모른다

아이가 태어난 후 남편이 안정적으로 일할 수 있도록 내가 희생해야겠다고 생각한 적이 있었다. 나는 엄마니까 커리어에 대한 욕심은 잠시 접어두고 안정적으로 일과 육아를 병행할 수 있는 환경을 만드는 데 집중해야겠다고. 그게 가족을 위한 일이라고. 임신 전까지만 해도 그토록 평등한 관계를 중시하던 내가 왜 그런 생각을 했는지 미스터리이지만 의외로 많은 여성들이 나와 비슷한 생각을 한다. 부지불식간에 새겨진 모성 이데올로기는 상상 이상으로 강력하다.

애초에 배려심이 넘치는 성격도 아니었지만 배려는 오래가지 못했다. 억울함 때문이었다. 남편이 억지로 강요한 것도 아닌데 '왜 나만…'이라는 생각이 고개를 들 때마다 남편과 아이가 원망스러웠다. 남편이 커리어에서 성취를 이룰 때마다 기쁘면서도 질투가 났다. 밤새 야근하는 남편이 눈물겹게 부러웠다. 아이가 내 발목을 잡고 있는 것 같았다. 그때 알았다. 내게는 가족만큼이나 '내 일'을 통한 성장도 소중하다는 걸. 수많은 투쟁과 협상 끝에 남편과 나는 평등하게 육아하며 함께 불안정해지기로 했다.

니콜에게서 느껴지는 주된 감정도 억울함이다. 찰리와 결혼한 것도 찰리의 극단에서 연기하며 찰리에게 맞추며 살아간 것도 모두 니콜의 선택이었다. 찰리를 사랑하기 때문에 내렸던 선택. 그래놓고 뒤늦게 원망하다니. 찰리가 느끼는 황당함, 배신감도 한편으로는 이해가 간다. 동시에 내가 굳이 말하지 않아도 상대방이 내 마음을 알아서 헤아려줄 거라는 기대가 얼마나 무력한지 알게 된다. 말하지 않으면 모른다. 이건 진리다.

니콜은 찰리에게 맞추는 것도, 억울해지는 것도 그만두기로 선택한다. 뉴욕을 떠나 엘에이에서 드라마를 찍는 니콜은 집에 온 기분이라고 말한다. 새로운 일자리가 있고, 아이를 함께 돌볼 수 있는 원가족이 있으며, 무엇보다 자신이 삶의 주도권을 가지고 살아갈 수 있는 곳. 그리고 엘에이에는 노라가 있다. 스스로의 선택에 확신을 갖지 못하는 니콜에게 노라는 빨간 하이힐을 벗어던지고 니콜 옆에 앉아 눈을 마주치며 말한다. 이건 희망찬 행동이라고. 당신은 더 나은 인생을 원한다고. 니콜에게 노라가 있어서 다행이다.

다른 종류의 사랑

"당신을 평생 알아야 한다니 끔찍해!"

우리의 이혼은 다른 부부와 분명 다를 거라 생각했던 니콜과 찰리는 저주의 막말을 퍼부으며 싸운 후 오열한다. 처음이자 마지막으로 바닥을 드러내 싸우면서 두 사람은 분명히 알게 됐을 것이다. 이미 둘의 관계는 회복될 수 없을 만큼 멀리 와버렸다는 걸. 그럼에도 두 사람은 미안하다고 말하며 서로를 안아준다.

결혼 생활 9년 차, 한 가지 깨달은 게 있다면 결혼은 결코 사랑만으로 유지될 수 없다는 거다. 나와 남편은 숨 쉬듯 서로의 눈치를 살핀다. 쿨하지 못하고 지질해도 때로는 원하는 것을 정확하고 구체적으로 말하고 때로는 알면서도 모른 척하고 때로는 심하게 생색도 내고 과장된 칭찬을 하기도 한다. 피곤하고 귀찮고 가족끼리 이렇게까지 해야 하나 싶을 때도 있지만, 다른 모든 관계처럼 부부 관계에도 끊임없는 노력이 필요하다는 걸 이제는 안다. 그런 노력 역시 사랑이 있어야 가능하지만 말이다.

결혼이라는 관계가 녹슬거나 고장 나지 않게 계속 지켜보고 돌봐야 하는 이유는 결혼이라는 제도가 언제든 쉽게 깨질 수 있을 정도로 힘이 없기 때문이기도 하다. 2초 만에 사랑에 빠졌던 두 사람이 남이 되는 과정은 허무할 만큼 냉정하다. 최선을 다해 싸우고 최선을 다해 이

해해야만 비로소 지속가능한 관계. 결혼을 유지하는 데는 처음 결혼을 결심할 때와 조금은 다른 종류의 사랑이 필요하다.

질문을 바꿔본다. 이혼하면 사랑은 끝날까. 니콜은 말한다. 이제 말이 안 되긴 하지만 평생 찰리를 사랑할 거라고. 당신이 죽었으면 좋겠다고 소리쳤다가도 상대방의 풀려 있는 신발 끈을 차마 외면할 수 없는 사이. 여기까지 써놓고 보니 왜 노아 바움백 감독이 이 영화의 제목을 〈결혼 이야기〉라고 지었는지 알 것 같다. 완벽해 보이는 부부의 이혼 과정을 따라가다 보면 결혼이란 무엇인가, 사랑이란 무엇인가에 대해 곱씹게 된다.

이혼 조정이 마무리 된 후, 찰리는 극단 단원들과의 회식 자리에서 노래를 부른다. 이 장면에서 나는 꼼짝없이 울 수밖에 없었다.

"날 너무 꼭 안는 사람, 깊은 상처를 주는 사람, 내 자리를 뺏고 단잠을 방해하는 사람, 날 너무 필요로 하는 사람, 날 너무 잘 아는 사람, 충격으로 날 마비시키고 지옥을 경험하게 하는 사람. 그리고 살아가도록 날 도와주지. 내가 살아가게 하지. 날 헷갈리게 해. 찬사로 날 가지고 놀고 날 이용하지. 내 삶을 변화시켜."

결혼, 대체 뭘까.

결혼 생활 9년 차, 한 가지 깨달은 게 있다면 결혼은 결코 사랑만으로 유지될 수 없다는 거다. 나와 남편은 숨 쉬듯 서로의 눈치를 살핀다. 쿨하지 못하고 지질해도 때로는 원하는 것을 정확하고 구체적으로 말하고 때로는 알면서도 모른 척하고 때로는 심하게 생색도 내고 과장된 칭찬을 하기도 한다.

사랑에도 노력이 필요하다는 걸 이제는 안다.

‘라떼’ 타령하는 어른이 되기 싫다면

드라마 <나의 눈부신 친구> 속

레누

릴라 옆에 있으면 레누는 평범하기만 한 자신이 초라하게 느껴진다. 그럼에도 레누는 릴라 곁에 머물고 싶다. 그래야 릴라처럼 빛나는 사람이 될 수 있을 것 같다. 집과 학교만 오가는 레누의 단조로운 삶과 달리 가난 때문에 학업을 포기한 릴라의 삶은 다이내믹하다. 무자비한 폭력과 복수가 난무하는 바람 잘 날 없는 동네 상황은 릴라를 가만 두지 않는다.

〈나의 눈부신 친구〉는 여성들의 우정을 입체적으로 보여준다. 릴라는 늘 확신에 차 있고 두려움이 없다. 벼랑 끝에 서 있는 사람처럼 말하고 행동한다. 레누는 그런 릴라를 동경하고 질투하고 안타까워하고 때로는 경멸한다. 많은 우정이 그런 것처럼 두 사람은 한없이 가까워졌다 다시 안 볼 것처럼 멀어졌다를 반복한다. 그러다 끝내는 서로에게 돌아간다.

드라마의 주인공은 릴라 같지만 드라마의 화자는 레누다. 〈나의 눈부신 친구〉라는 제목 역시 릴라가 레누를 표현하는 말에서 나왔다. 드라마가 시작될 때 예순 살 할머니가 된 레누는 릴라 아들의 전화를 받는다. 릴라가 자신의 모든 흔적을 지우고 사라졌다는 내용이다. 레누는 릴라의 이야기를 기록하기로 결심한다.

장면이 바뀌고 초등학교 1학년 릴라와 레누가 등장한다. 그 시절 릴라가 무슨 말과 행동을 했는지, 어떤 표정이었는지, 릴라와 레누 둘 사이에 어떤 기류가 흘렀는지, 자신은 어떤 감정이었는지, 왜 그런 행동을 했는지. 레누는 과거의 기억을 한 줄 한 줄 써 내려간다. 자신이 봐온 것과 릴라에게 들은 것까지 전부.

현재 완료 시제의 글쓰기

릴라가 쉽게 불타오르고 금세 식는 냄비 같다면 레누는 무쇠솥 같다. 결코 서두르는 법이 없다. 말을 아끼고 자신과 타인을 둘러싼 맥락을 유심히 관찰한다. 그때 그 상황을 계속 곱씹는다. 그런 다음 글을 쓴다.

레누를 보면서 학창 시절 영어 문법 시간에 배웠던 '현재 완료(have+p.p)' 시제가 떠올랐다. 과거도 현재도 아닌, 과거와 현재 사이 그 어딘가에 있는 시제. 현재 완료 시제는 과거의 경험을 나타내기도 하고 과거부터 현재까지 이어지고 있는 일을 나타내기도 하고 과거에서 시작돼 현재에 와서야 끝난 일을 뜻하기도 한다. 중요한 것은 과거

에 있었던 일 혹은 과거에서 시작된 일이 현재까지 영향을 미친다는 것이다.

이탈리아어 문법은 전혀 모르지만 레누의 기록은 현재 완료 시제일 거라는 생각이 들었다. 레누는 과거에 있었던 일을 놀라우리만치 솔직하고 통찰력 있게 재해석한다. 과거를 대충 퉁치거나 뭉개지 않는다. 객관적인 시선으로 릴라와 자기 자신을 바라본다. 그 시절 환희와 기쁨뿐만 아니라 미숙함과 잔인함까지 전부. 화자인 레누가 어떤 내레이션을 할까 기다리며 재생 버튼을 계속 눌렀다.

"내가 나를 속이는 걸까. 정말 그토록 아름다웠나. 설령 그렇다고 하더라도 분명히 수치심도 있었다. 어색함, 굴욕, 혐오도 그 시절의 일부였다. 그렇다면 기쁨에 젖어서 행복했던 순간들도 자세히 들여다보면 다를까?"(레누)

나이가 들면서 부쩍 추억팔이 하는 일이 많아졌다. 얼마 전, 동기 퇴사 선물로 앨범을 만들어주려고 외장하드를 열었다. 옛날 사진을 보는데 하나같이 앳되고 예뻐 보였다. 결혼도 하지 않았고 아이도 없던 시절. 언제든 떠날 수 있고 마음만 먹으면 밤새 술 마시고 다음 날 아침 일찍 일어나 일하는 것도 가능했던 시절. 육아 때문에 온몸이 묶여버린 지금과 전혀 달랐던 시절. 사진 속 나와 동료들은 정말 행복해 보였다. 아련해서 괜히 눈물 날 것 같았다. 그러다 정신이 번쩍 들었다.

'그때가 정말 아름다웠나? 정말 행복했나?'

과거가 과거로 끝나지 않게

아름답고 행복한 순간도 있었지만 그게 전부는 아니었다. 꿈꾸던 직업을 갖게 되면 마냥 행복할 줄 알았지만 직업인의 세계는 막연한 환상이 아닌 현실이었다. '이 일이 내게 맞는 걸까, 더 늦기 전에 다른 길을 찾아야 하는 건 아닐까, 어떤 길로 가야 할까' 수없이 고민했다. 한숨 쉬며 출근하던 아침, 차에 치이고 싶다고 생각한 적도 있었다. 그러면서도 보란 듯이 잘 해내고 싶었다. 고민을 함께 나눌 소중한 동료들이 있었지만 불안감과 외로움은 온전히 내 몫이었다.

영화 〈비포 선셋〉에 내가 가장 좋아하는 대사가 있다.

"Memories are wonderful things, if you don't have to deal with the past."

한 살, 두 살 나이 먹을수록 이 대사가 더 자주 생각난다. 과거와 씨름할 필요가 없을 때 추억은 아름답다. 과거와 지지고 볶지 않아도 될 때, 과거가 현재와 분리된 과거일 수 있을 때, 과거를 추억하는 일은 안전하다. 추억으로 자꾸만 도망치고 싶어지는 이유다.

드라마에서 레누는 계속 읽고 쓴다. 기억하고 기록하면서 레누는 점점 성장한다. 자신이 원하는 것과 원하지 않는 것을 구분할 줄 알고, 공부를 반대하는 엄마와 자신을 성적으로 착취하려는 남자에게 눈을 크게 뜨고 소리칠 수 있게 된다. 더는 릴라에게 일방적으로 끌려가지도 않는다.

과거를 헤집어 글로 쓰는 것은 괴로운 일이다. 박완서 작가는《그 많던 싱아는 누가 다 먹었을까》 개정판 서문에서 “기억을 환기시키기란 덮어 둔 상처를 이르집는 것과 같아서 힘들고 자신이 역겹기까지 하다”고 말한다. 글을 쓸 수 있을 정도로 경험이 내 안에서 소화되는 데는 며칠이 걸리기도 하고 몇 년이 걸리기도 한다. 글을 쓰다 보면 과거의 상처와 아픔이 고스란히 되살아난다. 그럴 때면 기억을 그저 묻어두고 싶은 유혹이 밀려오기도 한다. 그럼에도 한발 물러서서 과거의 경험과 감정을 언어화하면 비로소 과거가 나를 온전히 통과했다는 예감이 든다. 내가 조금은 투명해지고 정돈되는 것 같다. 내가 발 딛고 있는 곳이 어디인지 명확해진다. 내가 계속 글쓰기를 하는 이유다.

아련한 눈빛으로 과거를 그저 아름답게 추억하며 ‘라떼 타령’하는 사람은 되고 싶지 않다. 과거의 아름다움을 잊지 않되 과거를 정확하고 깊게 들여다보고 싶다. 내일의 나는 오늘의 나보다 좀 더 나은 사람이 되기를, 내일의 나는 오늘의 나보다 좀 더 편안해지기를 간절히 바라면서. 미래의 나는 분명 현재의 나를 곱씹게 될 테니까.

아름답고 행복한 순간도 있었지만 그게 전부는 아니었다.

남편이 공유인데
뭐가 불만이냐고?

영화 <82년생 김지영> 속

지영

영화 〈82년생 김지영〉에 나오는 지영(정유미)의 남편 정대현(공유)에 대한 평가는 극과 극으로 갈린다. '저 정도 남편이면 훌륭하다'는 의견과 '이 영화의 진짜 빌런은 정대현'이라고 반응이 나뉜다. 나는 전적으로 후자에 가까웠다. 정대현이 나오는 장면마다 고구마를 집어삼킨 듯 속이 답답했다.

대현은 지극히 평범한 30대 한국 남자다. 아들이 설거지라도 하면 큰일 나는 줄 아는 집안의 장남인 대현은 아이 낳는 걸 그저 아내 닮은 예쁜 아이가 태어나는 일, 기저귀 갈고 우유 먹이며 육아를 '도와주면' 되는 일로 생각한다. 대현이 "내 아를 낳아도"라며 지영에게 아이를 갖자고 말하는 날, 두 사람이 침대에서 나누는 대화는 임신과 출산의 무게가 여성과 남성에게 얼마나 다른지 보여준다.

지영 : 나는 너무 많이 변할 거 같은데 오빠는 변하는 게 뭐야?

대현 : 나도 변하지. 일찍 들어와야 되고, 술도 못 먹고, 친구도 못 만나고.

지영 역시 지극히 평범한 30대 대한민국의 여자다. 딸 둘에 막내아들 하나. 남아선호 사상이 남아 있는 집안의 둘째 딸인 지영은 임신과 출산을 겪으며 경력 공백을 겪는다. 안정적인 직장에 다니는 자상한 남편, 사랑스러운 딸. 겉보기에 지영의 삶은 남부러울 것 없어 보인다. 지영 역시 "이렇게 사는 것도 나쁘지 않은 것 같"다며 "누군가의 엄마, 누군가의 아내로 가끔은 행복하기도" 하다고 말한다.

하지만 지영은 동시에 '해질 무렵 가슴이 쿵 내려앉'고 '어딘가 갇혀 있는 기분'을 느낀다. 2년 꼬박 독박육아를 하며 전업주부로 살아온 지영은 종종 자신이 아닌 다른 사람으로 빙의된다. 이 사실을 처음 알게 되는 사람이 바로 대현이다.

뭘 해야 할지 모르는 사람

"우리 명절에 여행 갈까."

식탁에서 조심스레 묻는 대현에게 지영은 정색하며 말한다. 일은 내가 하지 오빠가 하냐고. 이제 와서 왜 그러냐고. 신혼 때부터 시가에 자주 가는 게 힘들다고 했었고 심지어 만삭 때도 명절에 시가에 다녀오지 않았냐고. 명절에 안 가면 시부모님이 탓하는 건 오빠가 아니라 나라고. 그동안 지영이 어떤 명절을 보냈을지 충분히 짐작이 가는 대목이다. 이런 이야기를 하는 와중에도 지영은 자기 밥은 먹지도 못한 채 아이 밥을 먹인다. 한쪽 손목에는 보호대를 차고서. 얼마 후 명절, 부산 시가에서 쉴 새 없이 부엌일을 하던 지영은 순간 친정엄마로 빙의돼 시어머니에게 말한다.

"저도 제 딸이 보고 싶어요."

대현은 분명 착한 남편이다. 지영의 병이 자신 때문이 아닐까 자책하고 진심으로 지영을 돕고 싶어 한다. 하지만 대현은 정작 무엇을 해야 할지 모르는 사람처럼 보인다. 아이가 잠든 밤, 지영이 소파에 앉아 빨래를 개고 있을 때 식탁에 앉아 지영을 걱정스러운 눈길로 바라보며 맥주를 홀짝이는 대현의 모습을 보며 마음이 갑갑했다. 영화에서 대현은 설거지도 빨래도 청소도 하지 않는다. 아이 목욕은 시키지만 잠을 재워본 적 없는 것 같다(이 둘의 차이는 육아의 경험에서 매우 크다). 좁은 집안에서 종종거리며 육아와 가사를 하는 것은 늘 지영이다.

아이가 어린이집에 안정적으로 다니게 되자 많은 엄마들이 그렇듯 지영도 일을 다시 시작하고 싶어 한다. 국어국문과를 졸업하고 홍보대행사에서 일했던 지영은 빵집 아르바이트 공고 앞을 서성댄다. 아이가 어린이집에 있는 동안 할 수 있는 일이기 때문일 것이다. 빨래를 개며 "오빠, 나 빵집에서 아르바이트 할까"라고 묻는 지영에게 대현은 대뜸

화를 낸다.

"하고 싶은 일이야? 누가 너 보고 그런 알바 하래?"

숨이 턱 막혔다. 지영이 왜 자신의 적성과 아무 상관없는 빵집 아르바이트를 고려하게 됐는지, 지영이 아이를 키우면서 하고 싶은 일도 하려면 얼마나 많은 부담을 떠안아야 하는지, 결정적으로 남편인 자신은 그런 아내를 위해 무엇을 어떻게 희생할 것인지. "하고 싶은 일이야?"라는 대현의 질문에는 이런 고민이 없다. "하고 싶은 일을 해야 한다"는 텅 빈 당위만 있다. 그래서 지영을 더 비참하게 만든다.

나만 전쟁인 세상

"애 생각 말고 네가 하고 싶은 일을 해."

육아휴직 복직을 앞두고 남편도 내게 비슷한 말을 한 적이 있다. 취재 기자로 입사했던 나는 도중에 편집 기자로 직무를 바꿨다. 취재보다는 편집이 적성에 맞기는 했지만 다시 취재 부서로 돌아가고 싶다는 마음도 있었다. 문제는 육아였다. 출퇴근 시간이 안정적이고 유연 근무가 가능한 편집 기자와 달리 취재 기자는 상시 대기조가 되어야 한다. 언제 현장에 나가야 할지, 언제 퇴근할지 알 수 없다.

남편은 업무 강도가 높기로 유명한 업계에서 일하고 있었다. 여유가 있을 때도 있었지만 그렇지 못할 때는 매일 새벽에 퇴근하고 주말에도 출근해야 할 정도로 일이 많았다. 만약 내가 다시 취재 기자가 된다면 남편도 나도 불안정한 노동을 하게 되니 어린이집 등하원과 보육을 안정적으로 책임질 다른 누군가가 필요했다. 선택지는 뻔했다. 친정엄마, 시어머니 혹은 베이비시터.

친정은 부산, 시가는 원주. 도움을 받는다면 친정엄마 혹은 시어머니와 한집에 살아야 했다. 그럴 자신도 없었지만 연로한 엄마들에게 내 아이의 돌봄을 부탁하고 싶지 않았다. 그렇다고 해서 알지 못하는 사람 손에 어린아이를 맡기고 싶지도 않았다. 선택지를 시뮬레이션 해볼수록 "애 생각 말고 네가 하고 싶은 일을 해"라는 남편의 말에 화가 났다. 어떻게 내가 하고 싶은 일만 할 수 있나. 내 결정에 따라 가족의 삶이 달라지는데.

내가 하는 일이 조부모나 시터의 도움을 받으면서 해야 할 정도로 그렇게 중요한 일은 아닌 것 같고, 그렇게 미치도록 하고 싶은 일도, 가정 경제에 큰 도움이 되는 일도 아닌 것 같고, 나만 일을 포기하면 모두 행복해질 것 같고… 이것이 일과 육아 사이에서 고민하던 많은 여성들이 일을 그만두는 이유다. 함께 사랑해서 함께 아이를 낳았는데 왜 여성에게만 일과 육아는 둘 중 하나를 택해야 하는 제로섬 게임이 되어야 하는 걸까. 결국 나는 취재 기자에 비해 예측 가능한 업무를 할 수 있는 편집 기자로 복귀했다.

지영은 이전 직장에 다닐 때 상사였던 여성 팀장이 새롭게 창업하는 회사에 합류하기로 한다. 복직이라는 큰 결정을 내리면서 지영은 남편과 가장 먼저 상의하지 않는다. 이어지는 장면을 보고 그 이유를 알 수 있었다. 어린이집 종일반을 고민하는 것도, 아이 돌봄 서비스에 대기 신청을 걸어놓는 것도, 하원 시터를 구하기 위해 발을 동동 구르는 것도, 아이 배변 훈련을 시키는 것도 모두 지영이다. 지영의 대사처럼 지영만 전쟁이다. 대현은 지영의 복직을 위해 자신이 육아휴직을 내고 '쉬면서' 공부를 하겠다고 제안하지만 지영에게 돌아오는 건 "아들 앞길 막는다"는 시어머니의 막말이다. 복직도 전에 지영은 지쳐버린다.

'착한 남편'이 했어야 했던 일들

지영과 대현 부부는 대화를 많이 하지 않는다. 대현은 지영의 상태를 지영에게 어떻게 알려야 할지 조심스럽다. 지영도 마음속 고민을 대현에게 솔직하게 털어놓지 못하기는 마찬가지다. 두 사람 다 너무 착한 사람들이기에 서로에게 상처주기 싫어서 지나치게 배려했는지도 모르겠다. 입으로 소리 내어 말하는 순간 정말로 심각한 일이 되어버릴까 두려웠던 걸지도.

지영과 대현이 말을 아끼는 사이 지영 자신도 모르는 지영의 병을 병원 의사가 알고 시어머니가 알고 친정엄마가 알게 된다. 아픈 사람은 지영인데 지영이 자신의 병을 가장 늦게 알게 된다. 시어머니가 지영의 엄마인 미숙에게 전화를 걸어 지영의 병을 알리는 대목은 그야

말로 호러다.

선한 마음만으로는 아무것도 바꿀 수 없다. 중요한 것은 행동이다. 지영이 빵집 아르바이트를 하겠다고 했을 때 대현이 "하고 싶은 일이야?"라고 묻지 않고 그 하고 싶지 않은 일이라도 지영이 왜 굳이 하려 할까 궁금해했다면 어땠을까. 마음으로만 지영을 안타까워하는 게 아니라 내 밥은 알아서 먹을 테니 저녁밥은 안 차려도 된다고 말했다면 어땠을까. 종일 육아하느라 고생했으니 저녁 육아는 내가 전담한다고 말했다면 어땠을까. "우리 명절에 여행 갈까?" "회사 워크숍 가지 말까?" 애매하게 묻지 말고 "명절에 여행 가자" "워크숍 안 갈게" 분명하게 말했다면 어땠을까. 그에 따른 책임은 자신이 온전히 지고서.

엄마로, 아내로, 며느리로 사는 게 너무나 힘겨웠을 때 내게 정말로 도움이 됐던 순간은 남편이 내 짐을 온전히 함께 나눠 가졌을 때였다. 퇴근 후 아이 씻기기와 잠재우기를 전담하고, 아이가 아파서 어린이집에 갑자기 못 가게 됐을 때 내가 그랬던 것처럼 회사에 눈치를 보면서 휴가를 내고, 내가 건조기에 넣고 깜빡한 빨래를 정갈하게 개어놓고, 시가에서 식사가 끝나자마자 바로 개수대로 향하고, 워라밸을 지킬 수 있는 회사를 찾아 이직을 결심하고…. 나의 고된 현실을 바꾼 것은 남편의 구체적인 행동이었다.

나는 남편이 나를 돕기를 바라지 않았다. 나처럼 육아와 가사에서 주체가 되기를 바랐다. 내가 서 있는 전쟁터에서 남편이 어깨를 겯고

같이 싸우기 시작했을 때, 우리의 관계가 비로소 평등하고 건강하다고 믿을 수 있었다.

“김지영의 삶은 단순히 같이 사는 사람의 성격에 의해 좌지우지되는 것이 아니라, 그녀가 자신의 목소리를 잃을 수밖에 없는 많은 복합적인 요인들, 사회제도를 비롯한 우리가 살고 있는 세상의 문제”라는 공유의 인터뷰처럼(《씨네21》), 대현이 어떻게 하느냐와 무관하게 지영의 삶은 불행했을 수도 있다. 그러나 구조는 멀고 사람은 가깝다. 지영과 가장 가까운 존재인 대현이 어떻게 하느냐에 따라 지영의 삶은 조금씩 나아질 것이다. 영화의 결말처럼 말이다.

엄마로, 아내로, 며느리로 사는 게 너무나 힘겨웠을 때 내게 정말로 도움이 됐던 순간은 남편이 내 짐을 온전히 함께 나눠 가졌을 때였다.

그럼에도
아기를 갖고 싶다면

영화 <컨택트> 속

루이스

엔딩 크레딧이 올라가자 남편은 울고 있었다. 영화관을 빠져나오며 남편은 말했다.

"나도 어쩔 수 없이 루이스와 같은 결정을 내리지 않았을까?"

영화 〈컨택트〉는 묻는다. 미래를 이미 알면서도 미래의 씨앗이 되는 과거를 선택할 수 있을까. 아이의 비극적 죽음을 알면서도 아이를 갖기로 결정할 수 있을까.

정체불명의 비행 물체 12척이 전 세계 여덟 개 지역에 나타난다. 언어해독 분야 최고 권위자인 루이스(에이미 아담스)는 미국 정부로부터 그들이 어떤 목적으로 이곳에 왔는지 알아내라는 임무를 받는다. 언어학자 루이스와 물리학자 이안(제레미 레너)은 방호복을 입고 미지의 생명체를 만나러 간다. 나무의 밑둥처럼 거대한 일곱 개 다리를 가진 생명체를 지구인들은 헵타포드(그리스어에서 7을 뜻하는 'hepta'와 발을 뜻하는 'pod'를 합친 조어)라 부르기로 한다.

루이스가 헵타포드와 처음으로 소통하는 장면은 오랫동안 잊히지 않는다. "날 보여줘야 해요." 루이스는 주변 사람들의 만류를 뿌리치고 방호복을 벗고 차단벽을 향해 뚜벅뚜벅 걸어간다. 알 수 없는 세계에 대한 두려움과 불안감을 뒤로 한 채 헵타포드를 향해 손을 뻗는 루이스. 루이스의 용기에 응답이라도 하듯 헵타포드가 촉수를 가진 긴 다리를 쭉 뻗으며 먹물을 내뿜어 문자를 쓴다.

루이스는 헵타포드에게 영어를 가르친다. 헵타포드가 지구에 온 목적을 이해하기 위해서는 그들과 오해 없이 정확하게 소통하는 것이 먼저라 생각하기 때문이다. 거대하고 이질적인 존재에 대한 공포는 전 세계를 혼란에 빠뜨린다. 폭동과 약탈, 사재기가 일어나고 무력으로 외계인에 맞서야 한다고 주장하는 이들도 나타난다. 이런 상황에서도 루이스는 소통을 향한 노력을 멈추지 않는다.

헵타포드의 문자는 원형이다. 이들의 문자에는 과거-현재-미래 같은 시제도, 앞뒤 방향도, 시작과 끝도 없다. 헵타포드는 이미 목적과 미래를 아는 상태에서 말하고 행동한다. 원인이 있어서 결과가 있는 것이 아니라 원인과 결과는 동시에 일어난다. 헵타포드의 언어를 배우면서 루이스는 헵타포드처럼 미래를 볼 수 있게 된다. 언어가 사고를 지배하게 된 것이다.

아이라는 불가해한 세계

루이스가 헵타포드의 세계를 이해하게 되는 과정은 아이를 키우는 과정을 닮았다. 임신했을 때 배 속 아이가 에일리언 같다고 종종 생각했다. 처음 초음파를 봤을 때 작은 씨앗만 했던 아이는 어느덧 수박만 하게 자라 내 배 속에 있는 장기를 한쪽으로 밀어냈다. 툭툭, 하루에도 몇 번씩 전해지는 태동을 느끼며 대체 어떤 존재가 태어날지 궁금했다. 열두 시간이 넘는 진통 끝에 생살을 찢고 아이가 세상에 나왔을 때 아이의 얼굴을 확인하고 남몰래 안도했다.

옹알이만 하던 아기가 쑥쑥 자라 수다쟁이 어린이가 되었지만 아이는 여전히 내게 낯설고 신기한 외계인 같은 존재다. 그 작은 몸 안에 어떻게 그토록 많은 호기심과 에너지가 숨어 있는지, 정신을 차려 보면 몸도 마음도 이만큼 자라 있는 아이가 신비롭다. 하나부터 열까지 손에 쥐고 통제해야 안정감을 느끼던 내게, 아이는 내 속에서도 나온 아이조차도 내가 온전히 이해할 수 없다는 걸, 세상에는 내가 통제할 수 없는 일이 훨씬 많다는 걸 알려줬다. 아이 덕분에 나는 쉽게 확신하지 않는 사람이 될 수 있었다.

헵타포드의 언어를 이해하게 될수록 루이스의 머릿속에는 한 소녀의 이미지가 반복해서 나타난다. 루이스가 갖게 될 딸에 대한 '미래의 기억'이다. 소녀의 이름은 한나[Hannah]. 시작과 끝이 없는 헵타포드의 원형 문자처럼 한나의 이름은 앞으로 읽어도 뒤로 읽어도 한나다.

문제는 그 소녀가 불치병에 걸려 죽게 된다는 것. 갓 태어난 신생아 한나, 장난스러운 얼굴로 엄마와 보안관 놀이를 하는 한나, 엄마를 사랑한다고 말하는 한나, 엄마를 싫어한다고 말하는 한나, 병원 침대에서 죽음을 맞이하는 한나. 갓 태어난 아이에게 손을 뻗어 "엄마에게 돌아와"라고 웃으며 말하던 루이스는 차갑게 식어버린 아이를 끌어안고 "엄마에게 돌아와"라고 울부짖는다. 루이스는 이 낯선 기억을 어떻게 해석해야 할지 혼란스럽다.

영화는 천재 작가라 불리는 테드 창의 단편소설 〈네 인생의 이야기〉를 원작으로 만들어졌다. 드니 빌뇌브의 영화가 외계인이 지구에 나타나면서 생기는 갈등을 드라마틱하게 그려낸다면, 테드 창의 원작은 언어학자인 루이스가 헵타포드의 언어와 세계관이라는 수수께끼를 풀어가는 과정에 집중한다. 이 책에서 내가 특히 좋아하는 건 딸에 대한 미래의 기억을 서술하는 테드 창의 문장들이다. 이런 문장을 쓸 수 있는 사람이라면 아마 아이를 아주 많이 사랑하는 사람일 거라 생각했다.

> ***"우리 관계가 한쪽으로 치우쳐 있다는 사실을 내가 매일 자각하게 되는 것은 네가 처음 걷기 연습을 하면서부터야. 너는 쉬지 않고 어딘가로 달려나가겠지. 네가 문지방에 부딪치거나 무릎이 까질 때마다 나***

는 너의 아픔을 느끼게 돼. 마치 말을 안 듣고 멋대로 행동하는 팔이 나 다리가 하나 더 생긴 듯한 느낌이지 …중략… 그러다 강아지가 다시 밖으로 나와서 네 손가락을 핥고, 그럼 너는 또 꽥 소리를 지르고 웃기 시작할 거야. 그 소리는 내가 상상할 수 있는 가장 멋진 소리이지. 내가 분수나 샘이라도 된 듯한 기분으로 만들어주는 소리란다."[11]

'내가 분수나 샘이라도 된 듯한 기분으로 만들어주는 소리'. 나는 그 소리가 어떤 소리인지 정확히 안다. 아이가 얼굴이 빨개지면서 반달눈을 만들며 깔깔 넘어갈 때마다 나는 이 문장을 떠올린다.

육아의 시간을 지나면서 나는 아이 키우는 게 너무 힘들어서 울고, 아이가 너무 예뻐서 운다. 아이가 떼를 쓰고 뒤집어질 때는 내가 이 아이를 왜 낳았을까 싶었다가도 하루 중 언제 가장 투명하게 행복했나 떠올려 보면 어김없이 아이의 동그란 얼굴이 있다.

그토록 소중한 아이가 희귀병에 걸려서 혹은 불의의 사고로(소설에서는 딸이 스물다섯에 암벽등반을 하다 사고를 당하는 것으로 나온다) 죽게 된다면? 정해져 있는 미래를 알면서도 아이를 낳을 수 있을까.

그럼에도 불구하고

루이스는 끝을 알면서도 모든 것을 받아들이기로 한다. 한나의 병

---

11 테드 창, 〈네 인생의 이야기〉

에 대해 루이스는 이렇게 말한다.

“그 병은 막을 수 없어. 꼭 너처럼. 네 수영 실력, 글솜씨 같은 모든 놀라운 재능처럼.”

그러자 딸 한나는 야무지게 대답한다.

“난 막을 수 없어.”

한 아이가 온다는 것은 하나의 세계가 함께 온다는 것을 뜻한다. 수영 실력, 글솜씨 같은 놀라운 재능과 희귀한 병 가운데 좋은 것만 선택해서 살아갈 수는 없다. 누군가의 말처럼 꽃길만 걸을 수 없다. 그런 삶은 없다.

누군가의 인생이 비극적으로 끝난다고 해서 삶 전체가 불행했다고 결론 내릴 수 있을까. 그 사람은 태어나지조차 말았어야 했다고 말할 수 있을까. 루이스는 “우린 시간에 너무 매여 있어. 그 순서에”라고 말하면서 “이젠 내겐 처음과 끝이 별 의미가 없다”고 말한다.

헵타포드의 세계에는 시작과 끝이 없다. ‘그래서 행복하게 오래오래 살았습니다’ 같은 해피엔딩에 집착하는 건 지구인의 사고방식일지도 모른다. 그런데 생각해보면 우리는 언젠가 모두 결국 죽을 걸 알면서도 현재를 살고, 꽃이 시들어버릴 것을 알면서도 씨앗을 심는다. 행복과 불행은 시작과 끝이 아니라 삶의 순간순간에 현재 시제로 깃들어 있다.

"네 인생의 이 단계에서 네게는 과거도 미래도 없어. 내가 너에게 젖을 먹이기 전까지 네 안에는 과거의 만족감에 대한 기억도, 미래의 충족에 대한 기대감도 존재하지 않아. 그러다 젖을 빨기 시작하면 모든 것이 역전되겠지. 너는 세상에 아무런 불만을 느끼지 않게 돼. 네가 지각하는 유일한 순간은 오로지 지금뿐이야. 너는 현재 시제 속에서만 살아."[12]

여기까지 써놓고도 나 역시 루이스와 같은 선택을 할 수 있을지 잘 모르겠다. 불치병에 걸려 아프게 될 사람이 내가 아니라 아이이기 때문일 것이다. 아이의 삶을 내가 결정해도 괜찮은 걸까. 내게 그럴 자격이 있는 걸까. 육아가 매번 어려운 이유다. 한편으로는 아이의 삶을 내가 결정할 수 있다는 생각조차 오만은 아닐까 의심하게 된다.

그나저나 이런 고민을 하게 되다니. 아이는 외계인이 분명하다.

---

12 테드 창, 〈네 인생의 이야기〉

한 아이가 온다는 것은 하나의 세계가 함께 온다는 것을 뜻한다. 수영 실력, 글솜씨 같은 놀라운 재능과 희귀한 병 가운데 좋은 것만 선택해서 살아갈 수는 없다. 누군가의 말처럼 꽃길만 걸을 수 없다. 그런 삶은 없다.

저 증오는
나와 무관한가

영화 <쓰리 빌보드> 속

밀드레드

-죽어가면서 강간당했다

-그런데 아직도 못 잡았다고?

-어떻게 된 건가? 윌러비 서장

미국 미주리주 에빙 마을, 인적이 드문 도로에 설치된 대형 광고판에 세 줄 광고가 실린다. 광고를 실은 사람은 7개월 전 살인 사건으로 딸을 잃은 엄마 밀드레드(프란시스 맥도맨드). '죽어가면서 강간 당'한 사람은 밀드레드의 딸 안젤라이고, 윌러비(우디 해럴슨)는 안젤라 사건을 수사했던 경찰서의 서장이다.

단 세 줄의 광고로 작은 마을은 발칵 뒤집힌다. 밀드레드는 언론과의 인터뷰에서 경찰의 관심을 끌려고 광고판을 세웠다고 말한다.

문제는 윌러비 서장이 마을에서 평판이 좋은 경찰이자 죽을 날이 얼마 남지 않은 췌장암 환자라는 것. 경찰은 물론이고 마을 사람들,

밀드레드의 가족조차 밀드레드를 비난한다. 이렇게까지 해야 하냐는 것이다.

밀드레드는 아랑곳하지 않는다. 윌러비가 밀드레드에게 "저 광고판은 도가 지나쳐요"라며 "나 암에 걸렸어요"라고 말하자 밀드레드는 건조하게 답한다.

> ***밀드레드 : 알아요.***
>
> ***윌러비 : 네?***
>
> ***밀드레드 : 마을 사람들도 다 알아요.***
>
> ***윌러비 : 근데도 저 광고판을 세워야겠어요?***
>
> ***밀드레드 : 당신 죽은 후엔 효과 없잖아요.***

무해하지 않은 피해자

"누가 한 대 치면 세 대 때릴 것 같은 여자." 〈비밀은 없다〉를 연출한 이경미 감독은 밀드레드를 이렇게 묘사한다. 누군가는 '어머니는 강하다'라는 익숙한 문구를 가져올지 모른다. 밀드레드라는 캐릭터를 설명하기에 '모성애'라는 표현은 너무 빈약하다.

정비공이 입을 것 같은 점프수트, 짧게 묶어 올린 머리, 이마에 두른 두건, 찔러도 피 한 방울 안 나올 것 같은 표정. 밀드레드는 순결하고 무해한 피해자와 거리가 멀다. 여성과 장애인에게 혐오 발언을 하고, 자신의 의견에 반대하는 사람에게 거리낌 없이 폭력을 행사한다. 딸 안젤라가 죽던 날, 안젤라는 밀드레드와 크게 말다툼을 하고 집을 나갔다. 밀드레드가 딸 안젤라에게 마지막으로 했던 말은 "그래, (집으로) 오다가 강간이나 당해라"였다. '무능한 경찰 vs. 정의로운 어머니'라는 익숙한 구도를 생각하며 영화를 본 사람은 혼란스러울 수밖에 없다. 여기에서 질문이 생긴다. 순결하거나 무해하지 않은 피해자라고 해서 그들이 피해자가 아니라고 할 수 있을까. 피해에도 자격이 있는 걸까. 영화는 적당히 선하고 적당히 악한 우리 모두 언제든 피해자가 될 수 있음을 보여준다. 중요한 것은 피해의 자격이 아니라 피해의 내용과 구제다.

마을 교회 신부는 밀드레드를 찾아와 말한다. 주민 모두 당신과 안젤라의 편이지만 광고판은 모두 반대한다고. 밀드레드는 신부에게 꺼지라고 말한다. 밀드레드가 바라는 것은 이웃의 동정이나 지지가 아니라 사건 해결이다. 밀드레드의 예상처럼 광고판 덕분에 경찰과 언론은 다시 안젤라 사건에 관심을 갖는다.

윌러비 서장이 갑자기 스스로 목숨을 끊으며 영화는 전혀 예상치 못한 방향으로 전개된다. 언론은 윌러비의 죽음이 밀드레드 때문일지 모른다며 분노를 부추긴다. 그때 밀드레드에게 편지 한 통이 도착한다. 윌러비가 죽기 전 밀드레드에게 쓴 편지다. 밀드레드가 돈이 없다는 것을 아는 윌러비는 다음 달 광고판 임대료를 대신 내주겠다며 범인이 잡히길 기도한다고 덧붙인다.

분노, 증오, 복수

겉으로는 피도 눈물도 없는 사람처럼 보이지만 밀드레드는 사실 윌러비에게 미안한 마음을 품고 있다. 밀드레드가 윌러비를 옹호하는 치과의사의 손톱에 구멍을 낸 날, 윌러비는 밀드레드를 경찰서에 불러 취조한다. 서로 날선 말이 오가다 윌러비가 각혈을 하고 밀드레드 얼굴에 피가 튄다.

윌러비와 밀드레드는 둘 다 놀라서 서로를 바라본다. 윌러비는 밀드레드에게 미안하다며 일부러 그런 게 아니라고 하고, 밀드레드는 알고 있다며 사람을 불러오겠다 말한다. 죽어가는 남자와 죽은 딸을 둔 여자. 분노는 사라지고 사람이 사람에게 느낄 수 있는 연민이 두 사람 사이에 퍼진다. 영화는 인간이 갖고 있는 여러 얼굴을 다층적으로 보여준다. 선불리 선악을 가르지도 내 편과 적을 나누지도 않는다.

한편 윌러비의 사망 소식을 듣고 평소 윌러비를 존경했던 후배 경찰 딕슨(샘 록웰)은 허리춤에 곤봉을 차고 경찰서 맞은편 광고 회사로 향한다. 광고판 때문에 윌러비가 죽었으니 광고를 실어준 놈에게 복수하려는 것이다. 구금 중인 흑인을 고문한 전력이 있는 인종차별주의자 딕슨은 생각보다 행동이 앞서는 사람이다. 딕슨은 광고 담당자 웰비를 무자비하게 폭행하고 창문 밖으로 던져버린다. 딕슨은 경찰직을 잃는다.

얼마 후, 도로를 지나던 밀드레드는 광고판이 불타고 있는 것을 목격한다. 그는 소화기를 들고 광고판을 향해 돌진한다. 밀드레드는 전사 같다. 불타는 광고판이 마치 딸이라도 되는 것처럼 밀드레드는 필사적이다(실제로 안젤라는 불에 타서 숯덩이가 된 채 발견되었다).

광고판을 불태운 '개자식'들에게 복수하겠다고 결심한 밀드레드는 깜깜한 밤 경찰서 맞은편 광고 회사로 향한다. 광고 회사에는 아무도 없다. 건잡을 수 없는 불길처럼 분노는 분노를, 증오는 증오를, 복수는 복수를 낳는다. 밀드레드는 경찰서에 전화를 걸어 사람이 없는 것을 확인한 다음 경찰서를 향해 화염병을 던진다. 하지만 그 시각, 윌러비의 편지를 가지러 경찰서에 들른 딕슨이 이어폰을 낀 채 편지를 읽고 있다. 경찰서는 불바다가 된다.

영국인 감독이 미국에서 촬영한 영화를 보면서 지난 3월 한국 대통령 선거 결과가 떠올랐다. 0.73%p 차이로 당락이 결정된 지난 대선에서 영호남은 말할 것도 없고 여와 남, 2030과 60대 이상의 표심이 선명하게 나뉘었다. 이를 두고 '반으로 갈라진 대한민국'이라는 평가가 나왔다.

소위 '이명박근혜' 시대에 진보 언론이라고 불리는 곳에서 기자 생활을 하면서 가장 자괴감을 느꼈던 순간은 좌우 진영 논리를 마주할 때였다. 우리 편은 좋은 놈, 저쪽 편은 나쁜 놈. 진영 논리에는 오직 피아만 존재했다. '이것이 잘못됐다'는 비판에 어김없이 '저쪽이 더 잘못했는데 왜 우리한테만 그러냐'라는 반발이 돌아왔다. 반성 없는 내로남불이 반복됐다.

'우리 편'에 비판적인 기사가 나간 날, 잇달아 걸려오는 항의 전화를 받으며 비참한 심정이 들었다. 이 사람들은 언론의 역할을 대체 뭐라고 생각하는 걸까. 어쩌면 언론도 이들이 이러한 전화를 하게끔 그동안 진영 논리를 강화하는 데 일조했던 건 아닐까. 언론의 중립성을 제대로 지키지 못했던 건 아닐까.

대부분의 언론인이 그렇겠지만 나 역시 이쪽 편과 저쪽 편이 권력을 잡거나 유지할 수 있도록 돕기 위해 기자가 된 건 아니었다. 평등하고 상식적인 사회를 만들기 위해 예민하고 부지런한 감시자가 되는 것이 언론의 역할이라고 믿었다(정의를 위해 모든 것을 바치는 열혈기자는 못 됐지만 언론인의 본령은 잊지 않으려 노력했다).

하지만 피아만 있는 세상에서 저쪽 편은 거악이었고 거악과의 싸움이라는 대의에 해가 되는 행동은 '내부 총질'이라 비난받았다. 여성, 성소수자, 장애인, 노동, 환경 등 정권 교체에 도움이 되지 않는 문제는 늘 '나중에'로 미뤄졌다. 양강 구도 속에서 다양한 가치를 대변하는 소수 정당은 점점 존재감을 잃어갔다.

2018년 기자를 그만둔 후 뉴스를 일부러 피했다. 정권 교체는 만능

열쇠가 아니었다. 정권이 바뀐 후에도 시민의 삶과는 무관한 정쟁이 블랙 코미디처럼 무한 반복됐다. 나는 이쪽도 싫고 저쪽도 싫었다. 다 지긋지긋했다. 뉴스를 끊으니 삶이 편안해졌다. 오직 나와 가족의 안온한 삶만 신경 쓰면 됐다. 그러면서도 마음 한편에 나 역시 한 명의 언론 노동자로서, 시민으로서 이 끝나지 않는 싸움에 기여하지 않았는지 죄의식을 안고 살았다. 분노와 증오가 팽배한 지난 대선 투표 결과를 보면서 유난히 마음이 무거웠던 이유다.

사랑은 힘이 세다

다시 영화로 돌아가, 윌러비가 딕슨에게 보낸 편지에는 다음과 같은 내용이 적혀 있다.

"살아서 못 한 말을 해주고 싶어서. 자넨 좋은 경찰이 될 자질이 있다고 봐. 자네도 알고 보면 괜찮은 사람이니까. 그런데 화가 너무 많아. 그렇게 증오심이 크면 자네가 꿈꾸는 자리에 올라갈 수 없어. 형사가 꿈이잖아. 형사가 되려면 뭐가 필요한지 알아? 형사가 되려면 사랑이 필요해. 사랑에서 침착함이 나오고 침착함에서 생각이 나오지. 뭔가를 알아내려면 생각이 필요해. 총도 필요 없고 증오도 필요 없어. 증오로는 아무것도 해결 못 해. 침착함과 생각이 해결하지. 일단 시도라도 해 봐."

불이 나고 있다는 사실을 뒤늦게 알게 된 딕슨은 윌러비의 말처럼 "침착하자"고 되뇌며 경찰서 밖으로 뛰쳐나온다. 땅바닥에 쓰러진 딕슨의 손에는 안젤라 사건 파일이 들려 있다.

심각한 화상을 입고 입원한 병원에서 딕슨은 자신이 창밖으로 집어 던졌던 웰비와 같은 병실을 쓰게 된다. 웰비를 발견한 딕슨은 미안한 마음에 눈물을 흘리고, 웰비는 얼굴에 붕대를 친친 감은 딕슨에게 오렌지 주스를 건넨다. 컵에 빨대를 꽂아서. 윌러비 서장의 말처럼 사랑은 힘이 세다. 증오와 분노로는 아무것도 바꿀 수 없다. 이 영화에서 가장 빛나는 장면이다.

병원에서 나온 딕슨은 우연히 술집에서 안젤라 사건의 용의자로 보이는 남자의 대화를 엿듣는다. 딕슨은 침착하게 생각하고 침착하게 행동해 용의자의 차 번호와 DNA를 확보해 경찰에 넘긴다. 경찰서에 불을 지른 사람이 밀드레드라는 것을 알면서도 딕슨은 밀드레드를 진심으로 돕는다. 밀드레드의 얼굴에 미안함과 고마움, 안타까움이 묻어난다. 딕슨은 밀드레드에게 말한다.

딕슨 : 말하러 온 거예요. 희망 잃지 말라고.

밀드레드 : 나도 노력 중이야.

딕슨 : 뭐 할 수 있는 건 노력뿐이니까. 엄마도 희망보단 노력이 중요하댔죠.

선악을 가르고 분노하고 증오하는 것은 오히려 너무 쉽다. 사회를 바꾸기 위해서는 함께 살아가는 구성원에 대한 연민과 노력이 필요하다. 나만이 옳다는 확신에서 벗어나 타인의 고통을 바라봤을 때 밀드레드도 딕슨도 희망을 되찾는다. 연민과 노력은 사랑에서 나온다. 윌러비의 말이 맞다. 사랑은 힘이 세다.

영화 초반, 광고판을 내리라는 신부에게 밀드레드는 엘에이 갱 이야기를 꺼낸다. 1980년대, 갱을 소탕하기 위해 만든 법이 있다. 그 법의 요지는 갱단의 일원이거나 갱단과 관계가 있을 경우, 내가 모르는 사이에 갱의 다른 일원이 범죄를 저질렀다면 나에게도 책임이 있다는 것이다.

밀드레드는 교회 성직자들도 갱과 비슷한 것 아니냐며, 그런데 신부들은 다른 성직자들이 잘못을 저질러도 모른 척한다고 말한다. 선문답처럼 들리는 이 말을 나는 한 사회를 살아가는 구성원이라면 사회에서 일어나는 일에 공통의 책임이 있다는 뜻으로 해석했다.

이쪽과 저쪽으로 나뉜 증오가 커질수록 정파적으로 이득이 되지 않는 이들의 권리는 보장받기 어렵다. 단적인 예가 지난 5월 결국 무산된 차별금지법이다. 차별금지법 제정을 요구하며 46일간 단식 농성을 했던 미류 차별금지법 제정연대 책임집행위원의 지적이 뼈아프다. 그는 "우리가 목도한 것은 이 땅의 정치의 실패"라면서 "우리의 삶을 불평등과 부정의로부터 변화시킬 능력이 지금의 정치에 없다"고 말했다.

우리는 지금 어떤 세상에 살고 있는 걸까.

지난 6·1 지방 선거에서 절반의 국민은 아예 투표를 하지 않았다.

분노와 증오가 휩쓸고 간 자리에는 냉소와 무관심 그리고 각자도생만이 남았다. 어느 순간부터 정치 이야기는 함부로 입에 담지 말아야 할 것이 되었고, 21세기에 서울 시내 한복판에서 158명이 압사로 사망하는 참사가 발생해도 정치는 여전히 제 역할을 하지 못하고 있다. 8년 전 세월호 그때처럼 죽은 사람은 있는데 책임지는 이는 아무도 없다. 갈라지고 망가진 사회에 내 책임은 없을까. '나만 잘 살면 된다'고 생각하며 팔짱을 끼고 있었던 건 아닐까. 내가 할 수 있는 일은 무엇일까. 고민이 깊어진다.

선악을 가르고 분노하고 증오하는 것은 오히려 너무 쉽다. 사회를 바꾸기 위해서는 함께 살아가는 구성원에 대한 연민과 노력이 필요하다.

더러운 강도
아름다울 수 있다

영화 <아사코> 속

아사코

크림빵을 사러 간 남자가 돌아오지 않자 여자는 초조한 얼굴이 된다. 남자는 새벽이 되어서 집으로 돌아온다. 크림빵을 사서 오다 들른 목욕탕에서 처음 만난 아저씨와 술을 마시다 왔다는 남자. 남자는 목욕탕에서 만난 남자에게 크림빵을 주고 왔다며 미안하다고 말한다. 남자를 끌어안고 안도감에 우는 여자에게 남자는 말한다.

"괜찮아. 좀 늦더라도 반드시 돌아올 테니까 걱정 마. 난 아사코가 있는 곳으로 반드시 돌아올 테니까."

얼마 후 남자는 신발을 사러 다녀온다는 말을 남기고 돌아오지 않는다. 2년이 조금 지난 후, 여자는 남자와 똑같이 생긴 남자를 만난다. 내일을 생각하지 않는 자유로운 영혼 바쿠(히가시데 마사히로)와 달리 직장인 료헤이(히가시데 마사히로)는 하루하루 성실히 일하며 내일을 생각하는 남자다.

한사코 료헤이를 밀어내던 아사코(카라타 에리카)는 료헤이를 받아들이기로 한다. 동일본 대지진이 일어나던 날, 초조하게 발걸음을 옮기는 사람들 사이에서 두 사람은 서로를 끌어안는다. 5년을 사귄 아사코와 료헤이는 결혼까지 약속한다.

아사코는 바쿠가 배우로 유명해졌다는 사실을 전해 듣지만 흔들리지 않는다. 료헤이와의 시작이 바쿠였을지 몰라도 지금은 바쿠와 상관없이 료헤이를 사랑한다고 자신 있게 말한다. 아사코와 료헤이는 강이 바로 앞에 흐르는 예쁜 집을 새로 얻고 이사를 준비한다. 두 사람 사이에는 고요한 안정감이 느껴진다.

여기까지 보면 영화 〈아사코〉는 사랑이 다른 사랑으로 잊히는 평범한 멜로 영화 같다. 바쿠가 아사코 앞에 다시 나타나기 전까지는.

돌고 돌아 원점

영화가 3분의 2쯤 진행됐을 때, 누군가 이사를 준비하는 아사코 집의 초인종을 누르고 문을 연 아사코는 귀신이라도 본 듯 화들짝 놀란다.

"아사코, 미안해. 많이 기다리게 해서. 나랑 같이 가자. 아사코를 데리러 왔어."

순간 영화 전체의 온도와 속도와 장르가 바뀐다. 바쿠를 다시 만나도 의연할 줄 알았던 아사코는 패닉에 빠진다. 그리고 지난 8년간의 삶과 맥락이 전혀 맞지 않는(것처럼 보이는) 선택을 너무나 과감히 내린다. 마치 그 결정을 아주 오랫동안 기다린 사람처럼. 달리는 자동차 창밖으로 전화기를 던져버리는 아사코. 돌아갈 길을 끊어버린 아사코는 조금은 쓸쓸한 얼굴로 바쿠에게 말한다.

"지금 마치 꿈꾸고 있는 것 같아. 아니 지금까지의 시간이 긴 꿈이었던 것 같은 기분이 들어. 엄청 행복한 꿈이었지. 내가 성장한 것 같은 기분이 들었어. 그런데 눈을 떠보니 나는 전혀 변한 게 없어."

정말 열심히 달렸는데 결국 원점으로 돌아온 것 같을 때가 있다. 창업한 회사에서 퇴사를 하기로 할 때 그랬다. 웹진 창간, 인터뷰집 발간 등 몇 년간 사이드 프로젝트로 해오던 일을 발전시켜 지속가능한 일과 삶을 고민하는 여성들의 온라인 커뮤니티 '창고살롱'을 공동 창업했다.

결혼, 임신, 출산, 번아웃 등 일과 삶의 변곡점에서 어떤 길로 가야 할지 혼란스러웠을 때 실질적으로 도움이 된 것은 화려하게 빛나는 롤 모델이 아니라 나와 비슷한 변곡점을 통과한 이들의 경험담이었다. '내 삶이 레퍼런스가 되는 곳' 창고살롱의 슬로건이었다. 섬처럼 외롭게 홀로 떨어져 있던 여성들이 창고살롱이라는 안전한 울타리 안에서 서로를 응원하고 지지할 수 있게 됐으면 했다.

레퍼런서(창고살롱에서는 멤버들을 레퍼런서라는 이름으로 불렀다) 멤버들이 서사를 나눌 수 있는 강연을 기획하고, 책·영화 모임을 열고, 멤버들이 직접 소모임을 만들어 비슷한 관심사와 고민을 나눌 수 있도록 판을 깔았다. "나만 유별나거나 힘든 게 아니었구나" "저렇게 살아도 괜찮겠구나" "별거 아닌 것 같은 내 이야기도 도움이 될 수 있구나" 레퍼런서들의 후기를 들으면서 운영진인 나도 큰 위로와 영감을 받았다. 동시에 내 일과 삶을 객관적으로 돌아볼 수 있었다.

새로운 콘텐츠를 기획하고 사람들을 연결하는 일은 지난 10년 넘게 해왔던 일과 맥락이 정확히 일치하는 일이었다. 좋아하는 일을 본업으로 만들어 돈까지 벌 수 있다니, 나는 참 운이 좋은 사람이라 생각했다. '대단하다' '멋지다'는 말을 자주 들었다. 하지만 대단하고 멋진 결과물을 수면 위로 올리기 위해서는 수면 아래에서 끝없이 발을 저어야 했다. 좋아하는 일을 잘하고 싶다는 마음은 점점 나를 지치게 만들었다.

경계를 넘어서

누가 시킨 것도 아닌 스스로 만들어낸 일이니 더욱 잘하고 싶었다. 잠을 줄이고, 끼니를 거르고, 운동을 잊은 채 노트북 앞에서 하루를 보냈다. 체력이 떨어지니 조금만 거슬리는 일이 있어도 쉽게 화가 났다. 동료와 가족에게 차갑게 구는 일이 늘었다. 업무 창만 열어도 숨을 쉬기 어려울 만큼 번아웃이 심해졌을 때, 나는 이 일을 그만두기로 했다. 이기적이고 무책임한 결정일지 몰라도 일단은 나부터 생각하기로 했다. 다행히 훌륭한 동료들과 레퍼런서 멤버들 덕분에 이후에도 창고살롱은 계속 이어지고 있다.

최선을 다했기에 어떠한 후회도 미련도 없다고 자신 있게 말했지만 퇴사 후 불쑥불쑥 자기혐오가 밀려왔다. 그렇게 고생해서 창업을 해놓고 1년 만에 그만두다니. 당시에는 분명 최선의 선택이었지만 좀 더 버티지 못한 스스로가 부끄러웠다.

온갖 시련을 겪으면서도 오랜 시간 한 길을 묵묵히 걸어가는 사람들을 볼 때면 더욱 그랬다. '내가 너무 끈기가 없었던 걸까, 너무 쉽게 포기한 걸까' 두 번 다시 창업은 없다며 구직 사이트를 들락거릴 때면 자괴감은 더 커졌다. 결국 돌고 돌아 회사라니. 나만의 일을 만들기 위해 분투했던 지난 시간이 허무하게 느껴졌다.

아사코는 자신이 내린 결정의 무게를 너무나 잘 알고 있다. 아사코에게 가장 실망한 사람은 아사코 본인일지도 모른다. 그런데 잠에서 깨어난 아사코는 또다시 의외의 선택을 내린다. 인상 깊은 건 그다음이다. 시종일관 수동적이고 속을 알 수 없는 모습을 보이던 아사코가 달라진다. "이제 내 걱정은 안 해도 돼"라며 바쿠와 헤어진 아사코는 홀로 방파제 위에 올라 무섭게 치는 파도를 바라본다.

이전의 아사코였다면 또다시 어디론가 도망쳤을 것이다. 아사코는 료헤이에게 돌아가기로 한다. 자동차 조수석에만 앉아 있던 아사코는 고개 숙여 돈을 빌리고 버스를 타고 뚜벅뚜벅 걷고 숨 가쁘게 뛰어 료헤이와 함께 살기로 했던 집의 문을 두드린다. 다시 함께 살아가고 싶다고, 하지만 더는 기대지 않겠다는 아사코에게 료헤이는 차가운 얼굴로 말한다. 아마도 널 평생 못 믿을 거라고. 아사코는 답한다. 알고 있다고.

끝까지 가본 사람

아사코는 바쿠와 사귈 때 친하게 지내던 오카자키를 찾아간다. 오카자키는 루게릭병에 걸려 몸을 움직이지도 말을 할 수도 없게 됐다. “가장 소중한 사람에게 상처를 주고 말았어요”라는 아사코에게 오카자키의 엄마 에이코는 이렇게 말한다.

“때론 뭐가 옳은 건지 헷갈릴 때도 있는 거니까.”

에이코는 그래도 아사코가 부럽다면서 “좋을 때네”라고 말한다. 그러면서 “나도 젊었을 적엔 그이와 아침밥 먹으려고 도쿄까지 가고 그랬지. 아주 작은 아파트에서 밥만 먹고 돌아왔어”라고 말한다. 8년 전에도 아사코에게 똑같이 했던 말이다. 8년 전 그때와 똑같이 오카자키는 듣기 싫다는 반응을 보인다. 부모님의 연애담을 듣기 싫다는 눈치다. 갑자기 비가 내리고 아사코와 에이코는 빨래를 걷으러 나간다. 에이코는 아사코에게 작은 목소리로 말한다.

"아사코, 아까 그 얘기 말야. 남편 말고 딴 남자랑 있었던 일이야."

이미 알고 있다고 생각했던 이야기가 사실은 잘 몰랐던 이야기였음이 밝혀지는 순간. 그때의 아사코와 지금의 아사코는 달라졌고 똑같다고 생각했던 이야기는 새롭게 쓰여진다. 어떠한 반복도 정확히 똑같은 반복은 없다. 누군가는 분명 말할 것이다. 결국 다시 돌아갈 거면서 애초에 왜 그런 바보 같은 결정을 했냐고.

아사코가 바쿠에게 돌아가지 않았다면 자신이 사랑하는 사람이 바쿠가 아니라 료헤이라는 사실을 알 수 있었을까. 바쿠에 대한 미련과 불안을 내내 끌어안고 살지 않았을까. 끝까지 가보지 않는다면 끝내 알 수 없는 것들이 있기에 우리는 눈을 질끈 감고 각자의 선택을 내린다. 맥락도 개연성도 없이 무모하게. 인생에는 때로 그런 선택이 필요하다. 선택에 따른 책임은 오롯이 짊어진 채.

> ***"한 번 경계를 넘어본 사람은 두 세계, 두 차원을 다룰 줄 아는 사람이 되는 것이 아닐까. 이제 그는 경계를 넘기 전과 질적으로 다른 사람이다."***
>
> **—제현주, 《일하는 마음》**

지금 나는 아무것도 결정하지 않은 멈춤의 시간을 보내고 있다. 이 시간이 끝나고 다시 회사로 돌아갈지 프리랜서로 일할지 또 창업을 할지 아니면 일을 더 쉬게 될지 모르겠다. 어떤 선택을 내리더라도 동일한 반복은 아니며 과거의 나와 미래의 나는 분명히 다르리라는 걸 안다. 경계를 넘어본 경험이 내 안에 남아 있을 테니까.

영화 마지막, 아사코와 료헤이는 나란히 서서 비 때문에 불어난 강물을 바라본다. 아사코가 료헤이를 떠나기 전과 똑같은 집, 똑같은 강이지만 전혀 다른 풍경이다.

료헤이 : 더러운 강이군.

아사코 : 그래도 아름다워.

깨끗하고 잔잔한 강만 아름다운 건 아니다. 뒤섞이고 휩쓸려서 더러운 강도 아름다울 수 있다. 아사코가 그걸 내게 알려줬다.

끝까지 가보지 않는다면 끝내 알 수 없는 것들이 있기에 우리는 눈을 질끈 감고 각자의 선택을 내린다. 맥락도 개연성도 없이 무모하게. 인생에는 때로 그런 선택이 필요하다. 선택에 따른 책임은 오롯이 짊어진 채.

epilogue

나라는 우주 안에 있는 수많은 여자들을 떠올렸다

글을 쓰기 위해 책에 나오는 영화와 드라마를 최소 두 번, 평균적으로 세 번 이상 봤다. 처음에는 그냥 스토리 라인을 따라가며 봤고 두 번째는 글로 쓸 메시지를 생각하면서 봤고 세 번째부터는 장면 묘사와 대사를 꼼꼼히 기록하면서 봤다.

등장 인물의 말투, 표정, 캐릭터들 사이에 흐르는 공기… 한 번 보고, 두 번 보고, 세 번 볼수록 보이지 않던 것이 점차 보였다. 저 캐릭터는 왜 저런 행동과 선택을 했을까. 저때 심정이 어땠을까. 누군가의 마음을 헤아리기 위해 시간과 정성을 쏟고 있자니 여러 사람의 얼굴이 스쳐갔다. 때로는 내가 보였고, 때로는 나와 가까운 관계를 맺고 있는 사람들, 때로는 관계의 유효기간이 끝나버린 이들의 얼굴이 보였다. '그때 그래서 그랬겠구나' 뒤늦은 이해와 후회, 고마움이 밀려왔다. 성격은 급한데 미욱해서 모든 것을 한발 늦게 깨닫는 내게 글쓰기가 있어 천만다행이었다. 그렇지 않았다면 나는 더 형편없는 사람이 됐을 것이다.

꽤 오랫동안 나만의 사유가 담겨 있는 한 권의 에세이를 내고 싶다는 꿈을 품어왔다. 내 이름 석 자를 건 한 권의 책을. 원고를 정리하면서 내가 갖고 있는 어떠한 경험과 생각도 다른 여자들에게 빚지지 않은 게 없다는 것을 알게 됐다. 나라는 우주 안에 있는 수많은 여자들을 떠올렸다. 이 책은 나만의 책이 아니다.

1년 넘게 〈오마이뉴스〉 '나를 키운 여자들' 연재 코너를 맡아준 든든한 동기 장지혜, '이렇게 쓰는 게 맞나' 헷갈릴 때마다 제일 먼저 초고를 읽어준 다정한 후배 이주영, 내가 가장 오랫동안 탐구한 여자였던 엄마 최양숙, 따뜻한 시선으로 부족한 글을 한 권의 책으로 만들어준 최아영 '느린서재' 대표, 〈마더티브〉와 '창고살롱'에 아낌 없는 응원을 보내준 여자들, 마지막으로 투명한 행복을 알게 해준 남편 시현, 아들 이현에게 감사의 인사를 전하고 싶다.

2023년, 새로운 시작을 하며

추 천 사

이것 보라고, 여기에 우리와 같은 사람이 있다.

《어른이 되면 단골바 하나쯤은 있을 줄 알았지》, 팟캐스트 <큰일은 여자가 해야지> **박초롱 작가**

〈나를 키운 여자들〉에서 나오는 영화 속 여자들은 미워하기 쉬운 인물이다. 홍현진 작가의 말대로 그녀들은 어디가 뒤틀린 여자들이니까. 남편의 죽음이 슬프다는 이유로 회사의 모든 남자 직원들과 섹스를 하고, 어린 남자에게 빠져 고객의 돈을 횡령하며, 성공을 위해서 자신과 가장 가까운 사람조차 배신하는 미친 여자들. 한 대를 맞으면 두 대를 때려야 직성이 풀리고 자신의 욕망에 충실하다 못해 나쁘게 보이기까지 하는 여자들. 결말은 또 어떠한가. 동화 속 착한 공주님들에게는 'Happy Ever After'가 있지만, 미친 여자 이야기의 끝은 딱히 근사하지도 않다. 이혼하고 감옥에서 죽고 정신과에 간다.

그러나 바로 그 점 때문에 그녀들은 사랑할 수밖에 없는 인물이다. 그들에게서 어쩔 수 없이 우리의 모습이 보이기 때문이다. 살아온 시대와 장소조차 다른 우리가 '여자'라는 공통점 하나 때문에 똑같이 겪어야 했던 일들을 보며, 홍현진 작가는 옳고 그름의 잣대를 내려놓고 슬며시 그들의 곁에 선다. 자신의 서사를 그들의 이야기 옆에 나란히 두며, 우리에게 은근한 눈짓을 보낸다. 이것 보라고. 여기에 우리와 같은 사람이 있다고.

착한 여자아이가 선행에 보답을 받는 이야기, 일과 육아를 슈퍼히어로처럼 해내는 여성의 이야기는 그 당위성에도 불구하고 위험하다. 여자는, 특히 페미니즘을 이야기하는 여자는 착하고 무결하며 능력 있어야 한다는 편견을 만들어내기 쉽기 때문이다. 페미니스트라고 해서, 완벽할 필요는 없다. 우리에게는 그저 우리와 같은, 뒤틀리고 미친 여자들의 이야기가 필요하다. 영화 속 여자들 못지않게, 대담하리만큼 솔직한 작가의 이야기 역시 미친 여자의 서사 속에 포함된다. 책을 다 읽고 나면, 당신도 당신의 뒤틀림에 대해 고백하고 싶어질 것이다.

우리에게는 참고할 만한 미친 여자가 더 많이 필요하다.

《더 좋은 곳으로 가자》《무례한 사람에게 웃으며 대처하는 법》 **정문정 작가**

책을 읽으며 그간 내게 영감이 된 미친 여자들을 떠올렸다. 조선에서 여자로 태어난 것이 한이라고 말했던 허난설헌, 여성에게만 정조를 요구하지 말고 모성애를 강요하지도 말라고 주장한 나혜석…. 욕먹는 여자들은 알려주었다. 자기됨을 포기하지 않는 일은 소문과 불화와 고독을 감당해야 하는 일이라고. 미친 세상에선 미치지 않고 살 수 없어서 원치 않아도 영웅이 된 여자들이 있다. 그리고 주변에는 차라리 미쳐버리고 싶었다고 말하는 여자들이 있다. 이들은 대부분 겉보기에 멀쩡하고 부지런하다. 책임감이 많고 친절하며 자주 웃어 보인다. 칭찬에 익숙하지 않으며 자기 검열이 심하고 스스로를 어정쩡하다고 생각하는 여자들이 대개 그러하다. 미쳐버리기엔 너무나 착한 여자들이다. 《나를 키운 여자들》의 저자 또한 고백한다. 보여지는 나와 진짜 나를 구분하며 살다 보니 어느 순간부터 나조차 나를 잘 모르겠는 순간이 찾아왔다고. 그럴 때마다 작가는 영화나 드라마 속에서 욕망하는 여자들의 이야기를 유심히 찾아본다. 모두 이해할 수 없지만 미워할 수도 없는 여자들을 보다가 스스로에게도 손거울을 가져다 대는 과정이 뭉클하게 읽혔다.
닮아 보이는 손을 포개어도 보고 공감할 수 없는 욕망에 화들짝 놀라기도 하다 보면 책에 등장하는 이상한 여자들이 너무나 사랑스럽게 느껴질 것이다. 어떤 이야기에서든 주인공 캐릭터는 모순적이거나 결함이 있음에도 불구하고 무언가를 얻기 위해 죽을 고생을 하다 강해지니까. 한계를 품은 채 정확하게 욕망하는 사람이 되려고 노력하는 일의 가치를 다시금 이 책에서 본다. 우리에게는 참고할 만한 미친 여자가 더 많이 필요하다.

참고도서

김보라 외, 《벌새》, 아르테

김지은, 《김지은입니다》, 봄알람

김하나 · 황선우, 《여자 둘이 살고 있습니다》, 위즈덤하우스

박완서, 《그 많던 싱아는 누가 다 먹었을까》, 웅진지식하우스

박혜윤, 《숲속의 자본주의자》, 다산초당

백수린, 《친애하고, 친애하는》, 현대문학

손희정, 《당신이 그린 우주를 보았다》, 마음산책

오찬호, 《결혼과 육아의 사회학》, 휴머니스트

유설화, 《슈퍼 토끼》, 책읽는곰

이다혜, 《출근길의 주문》, 한겨레출판

이영미, 《마녀 체력》, 남해의봄날

정혜윤, 《앞으로 올 사랑》, 위고

정희진, 《나를 알기 위해 쓴다》, 교양인

제현주, 《일하는 마음》, 어크로스

최은영, 《밝은 밤》, 문학동네

하정우, 《걷는 사람, 하정우》, 문학동네

황정은, 《일기》, 창비

가쿠다 미쓰요, 권남희 옮김, 《종이달》, 위즈덤하우스

고레에다 히로카즈, 이영희 옮김, 《걷는 듯 천천히》, 문학동네

고레에다 히로카즈, 이지수 옮김, 《영화를 찍으며 생각한 것》, 바다출판사

고레에다 히로카즈, 이지수 옮김, 《키키 키린의 말》, 마음산책

모이라 데이비 편저, 김하현 옮김, 《분노와 애정》, 시대의창

테드 창, 김상훈 옮김, 《당신 인생의 이야기》, 엘리

나를 키운 여자들

2판 1쇄 인쇄 2024년 7월 5일
2판 1쇄 발행 2024년 7월 12일

지은이 홍현진
펴낸이 최아영

편집 최아영
디자인 김지혜
마케터 영화를 사랑하는 당신
일러스트 데일리루틴
인쇄제본 넥스트프린팅

펴낸곳 느린서재
출판등록 2021년 11월 22일 제2021-000049호
전화 031-431-8390
팩스 031-696-6081
전자우편 calmdown.library@gmail.com
블로그 blog.naver.com/calmdown_library
인스타 calmdown_library

ISBN 979-11-93749-04-3 03810

* 느리게 읽고, 가만히 채워지는 책을 만들어 갑니다. 느린서재의 다섯 번째 책을 구매해 주셔서 감사합니다.
* 잘못된 책은 구입하신 곳에서 바꿔드리며, 책값은 뒤표지에 있습니다.

* 이 도서는 한국출판문화산업진흥원의 '2022년 중소출판사 출판콘텐츠 창작 지원 사업'의 일환으로 국민체육진흥기금을 지원받아 제작되었습니다.